迷宫故事

威廉·亨利·马修斯◎著

余瀛波◎译

百花文艺出版社
BAIHUA LITERATURE AND
ART PUBLISHING HOUSE

图书在版编目(CIP)数据

迷宫故事/(英)马修斯(Matthews. W. H.)著;余瀛波译.—天津:百花文艺出版社,2010.6
ISBN 978-7-5306-5632-7

Ⅰ.①迷… Ⅱ.①马…②余… Ⅲ.①智力游戏
Ⅳ.①G898.2

中国版本图书馆 CIP 数据核字(2010)第 086989 号

百花文艺出版社出版发行
地址:天津市和平区西康路 35 号
邮编:300051
e-mail:bhpubl@public.tpt.tj.cn
http://www.bhpubl.com.cn
发行部电话:(022)23332651 邮购部电话:(022)27695043
全国新华书店经销
天津市永源印刷有限公司印刷

*

开本 880×1230 毫米 1/32 印张 8 插页 2
2010 年 6 月第 1 版 2010 年 6 月第 1 次印刷
印数:1-5000 册 定价:18.00 元

目　录

前 言

人类的智慧是创造一切文明的泉源，而好奇心与求知欲则是推动人类文明不断进步的动力。在人们的大脑中,时常会蹦出某些古怪新奇的问题,当它们与常人的思维相悖相异,无疑将刺激人们对其产生难以抗拒的探知欲。因此,这种突破人类固有知识范畴的思想总是具有更加旺盛的生命力，它会催促和激励人们孜孜不倦地去探索那些困扰人类的奥秘,揭开它们的真相,直到找到满意的答案为止。而这些超乎人类常识的问题,常常被天性好奇的孩子们不断问及。本书竭力探求并试图向读者揭示的，正是这类问题。您准备好了吗?那么就请一同闯入那千年前的古老迷宫,体验一回思想者的探索之旅吧!

当然,要破解这个玄奥异常的千古之谜谈何容易,可以说，时至今日人类也未找到那把真正通向成功的钥匙，甚至哪怕是能够指引人们找到最初那个问题正确答案的一个词汇，正如许多父母在海滩上常常被孩子们追问的那个问题——当孩子们兴致盎然地用沙子堆起一圈圈迷宫中的“回廊”后，总是不禁要问：“爸爸，是谁最先创造了迷宫呢？”另一方面，也没有人愿意轻易地说出“失败”二字，尤其是当他的脑海中已经历了许多次这样美妙的宛如田园般的奇幻之旅后，这些跳动的“音符”从此便会时时涌入思想者的脑海，呼唤着他们继续探寻历史，梦想着那些脑海中曾经的“幻象”终能回到未来。总之，近年来一股日渐强盛的“寻古风潮”已在各个角落悄然聚起。而且，热衷者也绝不再仅仅限于那些偶然从发掘中获得惊喜的考古学家、人类学家等个别领域的专业人士。当然，行走在这个领域最前沿的任何专业人士在真正的研究中，将更有资格探讨这一话题——无论如何，站在专业的独特立场这一点都无可非议——相较于徜徉于作者笔下这次“迷宫之旅”中的大部分读者来说。

最后，在此要特别向 W. M.弗林德斯·皮特里教授致谢。在本书中，经其本人同意，我们使用了他按照推测恢复的埃及迷宫（图 4）、阿蒙涅姆赫特三世（Amenemhat，约公元前 1842 年—公元前 1797 年在位，埃及第十二王朝法老）的神殿（图 2）结构图。此外，皮特里教授还利用其收集的一系列考古证物为我们勾勒出埃及墙饰的轮廓，而这些均引起了作者的高度关注；我们同样要感谢亚瑟·埃文斯，他根据实物绘制出的古器“双斧”以及埋葬双斧的古墓都被本书收录其中（图 9、10、11、12，且图 8 亦建立在其绘作基础之上）；在我们的致谢名单中还包括 M.皮卡德，经他的授权，我们将其复制的名作——古代埃兰王国的苏萨马赛克镶嵌画（图 37）收录本书；苏格兰里贝克郡博物研究者协会主席 J. H.克劳，在他的帮助下，本书引用了该协会收藏的雕岩图画。此外，还有众多捧薪之士，在本书的撰写过程中给予诸多配合和支援，在此未及提名者，一并致谢！

当然，大多数在这里没有被特别提到的给予本书各种支援的人士，作者都深表感谢。最后，在此要特别向多年的老朋友G. F.格林致上诚挚的谢意，他为本书提供的所有配图都具有极其珍贵的价值。当然，要感谢的还有许多图书馆、博物馆以及包括不列颠博物馆、古文物研究者协会、锡安(Sion)学院以及皇家园艺协会在内的众多研究机构官员。

W.H.马修斯

于如斯利普，米德尔塞克斯郡

第一章
引　言

迷宫的魅力——定义的困难——本书研究的对象——关于迷宫的认知——拯救古老的民族遗产——避免陷入误区:破坏性的教条主义

引言

每当提起迷宫(maze),人们总会感觉有一团充满着幻想、激情、冒险与神秘的空气环绕在它的周围。绿篱迷宫(The hedge-maze),是大多数人最为熟识的一种迷宫类型,它往往能够给人留下一份对当年那段青葱岁月的浪漫回忆。潜意识中,我们对其产生的崇拜和幻想甚至堪比孩子们对于一片绿茵草场的无尽憧憬。

总体说来,无论是何种迷宫,人们对它们的第一印象,通常都是那层层叠叠、曲曲折折的宫墙。而在那些昏黑的回廊深巷中,不知曾编织过多少宫闱秘史、英雄传奇。比如康普敦·麦肯奇(Compton Mackenzie)曾在作品《激情私奔》(*The Passionate Elopement*)中将其描绘成一对情人幽会并“为爱私奔”的地点。毫无疑问，读惯了大量浪漫主义文学的读者一定会联想到类似的故事情节。而本书所讲述的那个美丽的“罗莎蒙德的闺房”将带您重返这个梦幻世界。

Maze 是一种类型的迷宫,无疑值得人们对它的几多幻想和遐思，但是它却是既非唯一、也非最令人关注的迷宫类型。因为除此之外，同时还存在着另一种迷宫——labyrinth。在这里，我们将要探索的话题，便是同处在迷宫世界中的一对姊妹——Mazes与Labyrinths。

本书将散布于世界各地不同类型的迷宫进行归类和对比的目的，正是希望由此引发人们对迷宫进行更加深入而全面的了解，进而为您探索和研究迷宫增添几分有益的思索。或许，当您阅读这些色彩斑斓的迷宫在漫漫历史长河中的形成与发展过程后，会对迷宫本身表现出更大的热情与兴趣。那么，此刻您一定想知道，在maze与labyrinth之间到底存在着什么样的区别呢？答案是，有，但差别很小。

有些作家喜欢用maze来仅仅指代绿篱迷宫，而用labyrinth来阐释和描绘古代作家笔下的迷宫构造，或是泛指任何令人迷惑的路径时设置的一个通用词条。另外，再次强调这个词汇(labyrinth)的独特性，也是要表明一个立场，即与今天社会上一般的“迷宫游戏”(常使用maze一词)加以区别。当然，如果我们在谈论“克里特迷宫”(the Cretan Maze)与“汉普顿宫迷宫”(the Hampton Court Labyrinth)时，非把这两个词汇混为一谈，未免有张冠李戴之嫌。但是，一般说来，我们是可以将二者进行互换的，这时它们只是不同地域的人所使用的不同词汇而已：北方人惯用“maze”一词，而“labyrinth”则更为传统。二者都有表示某种复杂路径的含义，但是当我们在寻求一个更加准确的定义时，却遇到了困难。

比如，许多情况下，我们不能用这样的语句来形容迷宫，“一条蜿蜒曲折、岔路横生的小路,被设计出用来迷惑或欺骗那些试图透过它发现目标的人。”这是因为,尽管在有些情况下这种描述是正确的,但却往往忽视了其他一些情形,即只有一条小径,而没有岔路,因此那种“迷惑或误导”之说也便无从谈起;此外,还有一些情况,是根本就不存在那个所谓的“目标”。

同样,我们也不能说迷宫就是“一条被圈在宫墙或围栏之间的蜿蜒小路”,因为有些迷宫本身既无宫墙也无其他障碍物。比如最著名的一种类型的迷宫,主要就是由一系列巨大而复杂的隔间和圆柱体构成的。事实上,对于“迷宫”这个词的定义和它的起源,我们很容易就会陷入成堆的问题中,所以,在我们对现存的或已知的各种类型的迷宫进行足够的研究前,还是不要草率定义。相信只要您怀揣着对这些问题的思考,耐心地读完这本“包罗万宫”的迷宫简史后,一定会豁然开朗,找到满意的答案。

这里或许有必要提一下,本书是作者在借镜和参考了大量的考古学家、古文物研究者的诸多著作和文献的基础上,进行了一些通俗化、趣味化的加工和整理,以期使之成为一本雅俗共赏、老少咸宜的科普读物。所以,本书定位的目标读者是所有对迷宫问题感兴趣的大众读者,当然对于更为专业的学者和研究者来说,它同样具有较高的参考价值。

作为这本书的研究对象,“迷宫”的魅力可谓源远流长。许多世纪以来,它犹如一位头戴面纱的少女变换出各种姿态和样貌,在数不尽的文学作品中深深地吸引着人们。本书围绕“迷宫”这个主角所展开的各种叙述,旨在为读者提供一种通俗易懂的全景式介绍;它所涉及的核心对象只有两个词汇:maze 和

labyrinth,研究的范畴主要将围绕于此;至于作者的研究角度,也并非是从单一的考古学、园艺学、数学或者纯艺术的层面出发,而是“兼收并蓄,穿梭其间”,力求以不同视角审视和思考这个日久弥新的古老课题。

是故,本书所援引的大部分参考文献,很多时候是以解释性或描述性的语句出现的,其用意也是在于尽可能为一般读者提供一些更为鲜活、翔实的资料,但对于专业人士来说,也许会感觉没有必要或不合时宜,在此加以说明。

此外,为了保证本书所引事例的真实性,并使我们的研究更加充分,本书已对所有参考资料进行归类,并将其目录进行编撰后列于本书最后。

本书援引了大量珍贵的历史文献和学术著作,其中不乏学界公认的经典之作。作为本书所援引的最重要一部分内容,爱德华·特罗洛普副主教(the Venerable Edward Trollope)的该篇文章举足轻重,它已被1858年出版的《考古学年鉴》(*Archaeological Journal*)和当年的大教区考古协会会报所收录。几乎此后的所有作者在论述“迷宫”问题时,都会相当篇幅地对其引用。时至今日,从文献参考价值上看,仍少有出其右者。

本书选用的资料其中还包括,从《不列颠百科全书》(Encyclopaedia Britannica)中收录的一篇附有插图的文章,此文最初系一位植物学家所作;类似的参考文献还有劳斯·鲍尔(Rouse Ball)的《数学游戏》(*Mathematical Recreations*),安德鲁斯(Andrews)的《教会奇闻录》(*Ecclesiastical Curiosities*),以及杜德尼(Dudeney)的《数学中的乐趣》(*Amusements in Mathematics*)

等,作者在各章或遇到相关问题时予以不同程度的引用。

此外，书中还不时援引了一些流行期刊中的相关主题的文章,其中最为显著的是1903年《乡村生活》(*Country Life*)中的两篇附有插图的文章。本书另外援引的一些被提炼的学者观点(只要其与本书的主题相关),则是出自A.B.库克的长篇著作《宙斯》(1914年出版)的第一卷。还有一些类似的评论选自亚瑟·埃文斯(Arthur Evans)关于克里特研究的著作《克诺索斯的米诺斯宫殿》(*The Palace of Minos at Knossos*，1921年出版)中的精彩段落。

为了尽可能使本书更具可读性,作者在后面的章节中选用了大量的图片,使读者对迷宫的认识更加形象化。同时,作者不但说明了这些插图的出处,而且还根据它们的来源阐释了个人的一些观点,并从娱乐和游戏的角度探讨这些观点成立的可能性。

按照史籍，人类最早的迷宫一般可追溯到古典作家们笔下的埃及和克里特时代,所以本书也是从此处着笔。随之,我们还将关注一些被古代作家多次提到的其他迷宫，继而将目光落到记录和传递这些迷宫图案的载体——古代的各种器物上的装饰或符号上。我们会看到,这种“迷宫理念”被中世纪时期的基督教堂继承了衣钵,并重新冠之以园艺装饰的形式将其“发扬光大”。此外，作者还将引领我们富有趣味地投入到对数学法则的验证中,从中您不仅能够发现这些法则正是破解迷宫的基础,而且还能了解这些法则甚至可以被推及应用到许多方面。

我们还会发现，对这些问题的探究将会把我们带入到一个更加广阔的思维空间,甚至远远超乎之前的想象,而且无论是考古学家还是懵懂少年,对于labyrinth和maze的探索兴趣都是一样的炽烈和浓厚。值得一提的是,在今天这个科技飞速发展、社会日新月异的时代,我们对迷宫这些人类古老文明的探究,很可能会对挽救某些业已被遗忘的历史文化遗产具有一定的帮助,这些古老的民族遗产在今天正在饱受日益萎缩、消逝的威胁,这必须引起我们的高度重视,尽一切力量保护人类祖先的璀璨文明。本书中最典型的一个例子就是草坪迷宫。

对于这些迷宫图案的实际起源和主要用途,我们绝不能过于武断和教条地轻信眼前的表象,或许它们只是古人的一些符咒而已。一旦我们能够正确地将它们进行归类,计算出其存在的具体年代,便立即要把它们保留下来,使其成为我们整个知识构架的一部分。尽管如此,但我们在现实的思索过程中仍会遇到许多空白的"边缘地带",或者说,相当数量的未知与神秘,我们更希望在重新整理和解答它们的过程中寻找乐趣,这就要求我们要从不同的角度审视和考量它们。

无论如何,我们必须承认,在自然界和生命本身确实存在着许多尚未被破解的谜团,这其中还不包括浩如烟海的"人造神秘"。我们也必须承认,一旦我们发现新的证据,最好是立即着手去解决问题,而不是站在原地胡乱猜测、争论不休。当然,我们同样也不要过于盲目和草率地接受一种观点,而是要透过确凿的事实来证明,透过缜密的思辨来推理。这时候,古文物研究方面的书籍很自然可以帮助我们尽可能远离思想的误解,但是我们千万不要匆忙间陷入另一个误解——所谓的"经典"在成为箱子里的繁缛文字和单纯的规章制度的同时,也失去了原有的动人魅力。

第二章

埃及迷宫

（一）

埃及的巨型建筑——希罗多德：他对于迷宫的记述，迷宫之大与其复杂，以及迷宫之湖——斯特雷波的描述——神圣的鳄鱼——狄奥多罗斯、庞篷涅斯·梅拉以及普林尼的记述

古代作家的描述

迄今为止，我们发现使用“labyrinth”一词最早的建筑物，是位于埃及北部的一座巨型建筑。这是一片永远以其突兀高耸的纪念碑闻名于世的土地，这座迷宫的建筑年代大致是在人类开始公元纪年时代的两千年前。

我们生活在这样一个时代，钢筋混凝土可以轻易地帮助建筑师们实现他们的梦想，以各种方式塑造出规模宏大、气势磅礴的建筑物，而古代的建筑匠人们显然会对此错愕惊叹；不过，作为现代公民，不论其属于何种民族，当他第一次见识到埃及金字塔这样的古老建筑时，也很少能够抵制得住同样的震撼。不难想象，在人类历史的早期，当过往的游客目睹如此的摩天巨物时，会在脑海中留下何等深刻的印象呢？

正如我们所料，观者的反应自然非常激烈。我们发现，在许多个体的描述中对其都是极尽狂热的夸赞和溢美之词；而与此相对，在诸多对此有着详尽记录的纪念碑之间，彼此之间的叙述却天壤之别，相去甚远。尽管如此，但我们从中多少还是能够窥见一些端倪——所有相关记载指向的目标其实就是一个——埃及迷宫。

所有相关一切，我们从希腊历史学家希罗多德(Herodotus)的著作中都可以找到相当详尽的记载和论述。

希罗多德，这位公认的历史之父，出生于约公元前484年，他一生活了六十多岁，其间他耗时数载基本游遍当时人类已知的世界。凡是能够有幸拜读到他的著作的人，无不为其清新、朴素、行云流水般的独特文风所深深吸引，而人们关注他的原因还不仅于此，更令人痴迷和敬仰的是，可以透过他的文章获取许多发生在同时代各地事件的正确资讯，因为这些都是希罗多德亲身游历的见闻，其可信性远胜于其他道听途说的飞语流言。毫无疑问，在希罗多德身上所体现出的诗人天性，要比一位名副其实的历史学家所应具有的批判精神浓厚得多，但是至少从他那些亲身游历的见闻录中，我们没有理由指责他夸大事实。

希罗多德曾亲自到过埃及迷宫，且印象相当深刻，这在他的第二本著述中有所记载。书中，他先是谈到埃及的疆土是如何被划分成十二块领地(nomes，即古代埃及的省)，每块领地都设有一位王。在描述他们之间的关系时，他这样写道，“他们都同意联合起来，在一块纪念碑上留下他们的名字。”然后，他们又在莫伊里斯湖（Lake Moeris）上修建了迷宫，它就位于鳄城(Crocodilopolis，埃及古城，因其境内的鳄河而得名)。

言及此处，希罗多德富有兴致地说道，“我发现它的大很难用文字来描述，尽管在以弗所(古希腊小亚细亚西岸的一重要贸易城市)和萨摩斯(爱琴海东部的希腊属岛屿)的神庙都相当有名,但即使把全希腊所有的建筑放在一起,在耗费的人力和财力方面也不足以和这座迷宫相匹及。”他甚至认为,即使堪称奇迹的金字塔,在它面前也会黯然失色。

至于这座迷宫到底有多么气势恢弘,希罗多德这样写道,“它内部有十二座宫殿,彼此门户相对,其中六座临北,六座靠南,而它们彼此之间的交通则全部是靠迂回其间的一条回廊。宫殿的房间分为两类,一类位于地上,一类隐于地下,这两类居室各有一百五十间,也就是说加起来一共有三百间之多。”他说自己只被允许在地面以上的宫殿内游览,而地下部分则严格禁止游客出入,因为那里安放着当初建造这座迷宫的法老们的陵墓,并且当地被奉为神圣之物的鳄鱼死后也被葬在那里。

在他的描述中,地面部分的屋室都属于“巨人”标准,而贯穿于宫殿、屋室、柱廊之间的回廊通道则是异常复杂,令人迷惑不解。希罗多德称,整幢建筑的顶棚都是由石头砌成,墙壁上装点着各色雕刻。每一座宫殿的周围都环绕着白色的石柱,排列得整齐有序。迷宫之外,在它的一角,是一座高约二百四十英尺的金字塔,其上刻有许多巨石雕像,同时有一条通道直通地下。

不仅如此,希罗多德对迷宫附近的湖甚至表现出更大的赞叹。对于这个湖,他是这样描述的,“这是一个面积相当大的人工湖泊,从它的湖底竖立起两座金字塔,每一座都撑起一个巨大的带有底座的雕像。”至于湖水,他说,它们是由一条运河从尼罗河中引入这里的。

关于这座迷宫和这个湖,也曾被另一位伟大的旅行家斯特雷波(Strabo,公元前 63 年—公元前 21 年,古希腊地理学家)相当详尽地描述过。斯特雷波生活的年代比希罗多德大约晚四百年。他在其长达十七卷的著述《世界地理》的最后一卷中，谈到埃及和非洲的其他地区。和希罗多德一样，他也是以亲身游历的所见所闻为依据对其进行了描述。在谈到这个湖时，将其称为尼罗河的一个蓄水池。

继而他又提到那座迷宫，他说，“这是一个与金字塔同样伟大的建筑。它非常巨大，由多个宫殿组成，其数量刚好与埃及原来的省数相同。所有的宫殿周围都环绕着巨石圆柱，圆柱间彼此相邻，一字排开，浑然天成，宛如宫殿前的一面长长的围墙。每座宫殿的大门都正对着这面墙；在这些宫门的前面，是许多长长的交错盘桓的小径，陌生人如果没有人引路，根本不可能找到它的出口。这其中每一栋建筑的屋顶都是由一块石板筑成，宫殿外面的小径同样如此。除此之外，整座迷宫内没有使用木料或其他任何材料。”因此，如果有人爬到屋顶，他一定会说，“这看起来就是一片由石板铺成的地。”这些宫殿被 27 根石柱撑起并连成一条直线，而宫墙也同样是由许多巨石筑成。

“在宫殿群的最末端是皇陵，其中包括一座方形金字塔和被安葬的 Imandes 的尸骨。”斯特雷波说这是埃及的十二个省集结议事的传统，每次集会时，各州的祭司便进驻相应的宫殿，而这时他们必有要务在身——譬如祭祀天神，或是对一些重大的问题来执行司法权。

他还提到生活在这个州周边的居民都有崇拜鳄鱼的传统，这里的鳄鱼都栖居在湖中，它们还被冠之以塞贝克(Sebek，埃及神话中的河神)的尊称。不过，这种动物显然已被驯养，并被用来向游客展示，人们在参观时还可以向它们投掷面包、鲜肉、葡萄、蜂蜜和牛奶等食物。

斯特雷波在他的一部分作品中曾对希罗多德的作家身份提出过非常苛刻的质疑，甚至将其归入“江湖术士”(marvel-monger)的行列，但在对待关于埃及迷宫的这个问题上，人们却能明显看出他相当赞同后者的观点，并反复表现出自己的敬意。

西西里人狄奥多罗斯(Diodorus，约公元前 90 年—公元前 21 年，希腊历史学家)，是与斯特雷波处于同一时代的作家，他曾写下一部范围广阔、内容庞杂、篇幅长达 40 卷的巨作《历史文库》(*Historical Library*)，其中他也提到了这座埃及迷宫和莫伊里斯湖。

他称后者是被莫伊里斯王修建的，这位国王在宫殿的中央留下一块地方，为自己修筑了一座墓室以及两座金字塔——一个给自己，一个给他的王后，金字塔的拱顶分别筑有巨大的带有基座的石像雕塑。狄奥多罗斯称，这位王将从湖里捕捞上来的鱼卖出后赚到的钱都交给王后“去买饰针”，而据说这笔钱每天都有一塔兰特(a silver talent，古希腊重量和货币单位)之多。

大概又经历了一代人之后，罗马作家庞篷涅斯·梅拉(Pomponius Mela，公元一世纪罗马地理学家)再次对这座迷宫说出了一段简短的描述，不过很可能是转载的一世纪早期罗马学者普林尼(Pliny)的著作《自然史》(*Natural History*)的内容，这本书对以上问题也有着大量论述。其中他提到迷宫通常是“人类迄今极尽所能完成的最庞大的工程”。

在谈及埃及迷宫时他这样说道，“在赫拉克里奥坡里城

(Heracleopolites),至今仍存在最早被修筑的迷宫,据说,它是在三千六百年前被彼德苏克里斯(Petesuchis)或提多伊斯(Tithoës)王所建。”但是他随即又引用了希罗多德的话,以证明这座宫殿是被十二位王共同修建，他们其中的最后一位就是萨美提克(Psammetichus，公元前 664 年—公元前 610 年，第 26 王朝法老)。还有两位作家认为修建迷宫的法老名字分别为莫伊利斯(Moiris)和莫特里斯(Moteris),“至于其他,我还是相信它是为供奉太阳神而建,这是一种已被普遍接受的观点。”

此外,他还提到宫殿的屋顶部分是由石头铺就,但有一个细节格外引人关注,他称宫殿门口的部分是用帕罗斯岛(Parian)的大理石所建,而其他部分的石柱则是用黑花岗岩。“这些巨石都相当坚固,即使若干年后也依旧完好无缺,不会被风化掉。但是它却被赫拉克里奥坡里城的人们严重破坏，因为他们对这座宫殿充满了憎恶。要想将整幢宫殿的每一个部分都描述清楚几乎是不可能的,因为它被划分进不同的辖区,也就是省,一共有三十个,每一座大宫殿都对应着一个省;它还必须包括埃及传统上的所有神的神庙,以及复仇女神(Nemesis)的四十尊雕像,这与神祠的数量一模一样,此外还有不计其数的金字塔。”

梅拉又将宫殿比作“一座‘天梯’搭建的宴会大厅,九十级台阶自上而下,陡峭异常,包括门廊、立柱、众神、神怪画像和众多法老的雕像。宫殿的某些部分被建造得鬼斧神工,气氛萧煞,每当开启一道门都会传出雷鸣般的恐怖声响。大部分建筑都湮没在彻底的黑暗中。迷宫的外部还有另外的建筑群,被称作皮特龙(Pteron),其下直抵其他地下宫殿的通道。”

第三章

埃及迷宫（二）

迷宫的衰败——卢卡斯与波考卡的游历——法国人与普鲁士人的探险——弗林德斯·皮特里的研究——关于最初图纸的思索——修建迷宫的目的与时期

后期发掘者的描述

毋庸置疑，这样一个在历代都备受推崇和赞叹的建筑史上的奇迹，几乎不可能不引起后人的足够兴趣，但遗憾的是，此后的若干年间，却始终没有人能够付之以严谨的科学考证，找到它的确切位置，这种情况一直延续到许多个世纪以后，才被欧洲人捷足先登。但是那时，想要见证它当年的辉煌与壮观为时已晚，因为历经历史的沧桑巨变，这里先是在罗马时代受到严重的损毁，继而又有其他族裔迁居于此，在原有的残垣断壁上面重新大兴土木，使其旧时的风貌基本上已经改头换面。

意大利旅行家戈麦利·卡雷利(Gemelli-Careri)于1693年造访埃及，他在游记中提到，自己在金字塔群附近也曾见到过一座地下迷宫。在他这本著述的英文版本中这样描述道："……阿拉伯人给我们引路，带我们去参观一座迷宫，那里是古人为鸟修建的陵墓(Ancients bury'd Birds)。我们沿着一条狭窄的通道往下走，钻进一个房间，而屋外的空间十分狭小，我们在通过一个洞口时甚至不得不贴着地面匍匐前进，直到看到有路，我们才得以站立起来,伸展躯体。通道的两侧都有一些坟墓,鸟就是被埋葬在那里;不过如今里面早已空无一物,除了一撮尘土。

随后，这些通道被一块巨大的硝酸石切断，再往前走几英里,呈现在我们眼前的俨然是一座地下之城,他们将其称之为迷宫。”他的描述到此戛然而止,但是这些已经足以显示,这些工事应该与古代迷宫有关。

1700 年，路易十四时期的一位古董商人保罗·卢卡斯(Paul

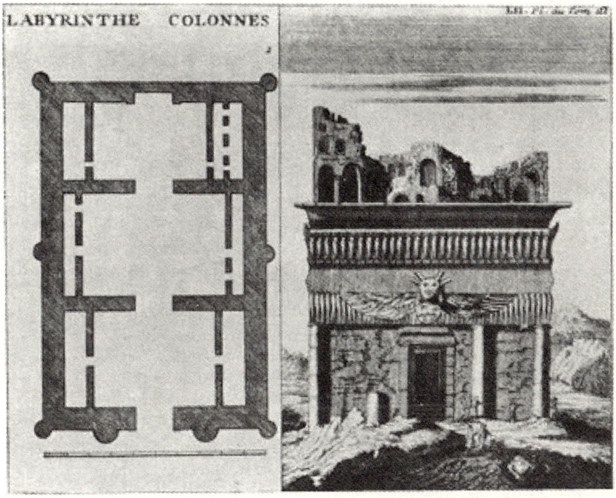

(图 1) 埃及迷宫的废墟一角,1700 年出版(保罗·卢卡斯)

Lucas),也踏上了他的埃及之旅。在他随后出版的一本回顾此次游历的著述中，他为我们讲述了一些关于迷宫遗迹在当时的状况,但是它的叙述过于信马由缰、漫无边际,因此可信度大打折扣。

卢卡斯在书中提到，一个与他结伴同行的阿拉伯老人宣称自己在多年以前就曾发掘过废墟的内部，并透过其地下通道成功进入一间巨大的四面装有壁龛的内室，“里面就像小商场一样，”那里到处都是无止尽的幽深小路，以及枝杈横生的隔间。但是卢卡斯的此次迷宫之行，却未找到这些传说中的地下通道，于是他得出结论说它们已被坍陷的废墟封死。

从史料上看，接下来的一位造访此处迷宫的考古人物应该是理查·波考卡博士(Dr. Richard Pococke)，他在1743年出版的著述《东方纪事》(*Description of the East*)中也对此进行了描述。他在书中写道，“我们从很远处观察这座包藏迷宫的神庙，距离大约有一里格(league，英美长度单位，约为三英里左右)，我看到废墟上散布着一些土堆似的凸起物，上面满是沙土，周围散落着许多巨大的石块，看起来那里应该有过大型的建筑：人们称它为卡伦城堡(Castle of Caroon)。它似乎曾经自东向西绵延得很宽，而建筑群的两侧又向北朝着莫伊里斯湖和神庙的方向伸展。

毫无疑问，这就是希罗多德笔下的那座被埃及的十二位王共同修建的著名迷宫。”他描述说，自己被带到的迷宫金字塔是一幢有165英尺长、80英尺宽的建筑，但已经面目全非、残破不堪，只知道它被当地人称作“卡伦城堡”。

其周边地区也已被18世纪末法兰西皇帝拿破仑派出的那支闻名于世的探险队挖掘殆尽，而他们其中的一员——约马尔德(Jomard)深信自己已经找到了这座迷宫的废墟。

1843年，又有一支普鲁士人的探险队，在莱普修斯(K. R. Lepsius)的率领下，也在这块土地上开始了大规模的考古挖掘，并最终宣布他们已经勘测到这座迷宫的实际位置，他们对挖掘出土的一系列用砖砌成的内室给予了高度重视。尽管如此，但是

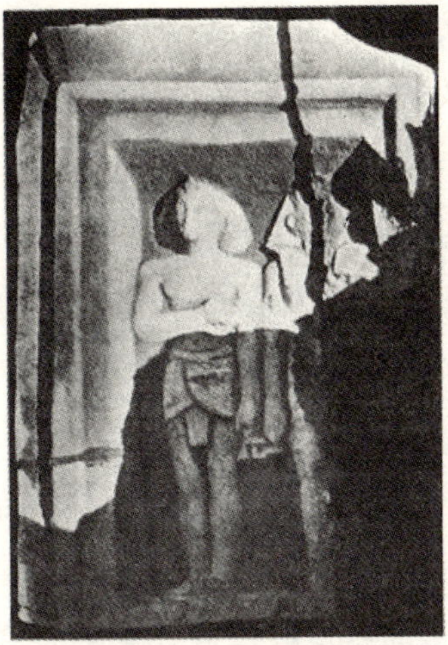

(图 2) 埃及迷宫。阿蒙涅姆赫特三世(Amenemhat III)的神祠。
(弗林德斯·皮特里)

这支队伍公布的调查报告却不能完全令人们信服,也就是说,在他们的结论可以被人们接受之前,还需要找到更多有说服力的证据。

真正在社会上掀起“迷宫热”的人是埃伯斯(G. M. Ebers),他是莱普修斯的学生,他透过创作一系列小说,使人们研究迷宫的兴趣空前高涨。他在作品中写道,如果一个人爬上金字塔尖,他便能够看到迷宫的废墟呈现出马蹄形。但是他的“创新”也仅此而已。

1888 年,埃及迷宫的实际位置最终被弗林德斯·皮特里(Flinders Petrie)教授所确定。他发现,莱普修斯所声称的发掘出的那些砖墙结构的迷宫内室,其实只是摧毁迷宫的罗马入侵者们后建城市的遗址,而迷宫本身早已被彻底损毁,只剩下一些体积巨大的建筑残骸被保留下来。

纵然如此，从这些冷冰冰的巨石残片中，人们仍能有所收获，这其中就包括被搞得七零八落的少量地基碎块、一眼水井、两扇门板——一扇面北，一扇朝南，两间花岗岩建筑的神龛以及另一间神龛的一部分，此外还有一些破碎的塑像和一尊带有底座的巨大花岗岩雕像，这尊雕像的原身现在被公认为就是这座迷宫的修建者——埃及第十二王朝的阿蒙涅姆赫特三世(Amenemhat III)。正如图2所示，我们在皮特里教授的授权下，从其著述 *The Labyrinth, Gerzeh and Mazghuneh*(1912年)中选取了这张图，它展示的是祭祀迷宫创建者的一个神祠。而凭借遗留下来的最初地基，已经足够我们大致估算出这座建筑的大小和方位。

这座迷宫一定是覆盖了自东而西 moo feet，从北向南 Boo feet 的一块广袤土域，它向东毗邻莫伊里斯湖，对面是古代的鳄城，向南是哈瓦拉(Hawara)金字塔，而这个地区就是今天的法尤姆(Fayûm)省。

迷宫的修建者阿蒙涅姆赫特三世，连同他的女儿塞贝克娜弗茹(Sebekneferu)的木乃伊已经在迷宫内的一座金字塔中被发现，而这座金字塔刚好与迷宫处在同一条自北向南的子午线上，足以看出当初设计者的精确计算。

皮特里教授在回顾了史上所有对这座迷宫的经典描述后，做出总结：尽管各家观点间存在诸多争议，但无疑每一段记载都具有一定的参考价值，从中能够发现一些有价值的线索。而在希罗多德与斯特雷波二人的描述间存在的差异，他认为很可能是在受到入侵的战乱岁月中被毁坏的地上部分。

许多人都尝试过将希罗多德时代的迷宫图景描绘出来。如图3所示,透过意大利考古学家卡尼纳(Canina)设计的这份图纸,人们可以看出迷宫当初的全貌。但是据皮特里教授判断,这份图纸与迷宫的本来面目在许多方面已大相径庭。而皮特里本人也在参照希罗多德和斯特雷波二人描述的基础上,结合自己在废墟中搜寻到的证据,重新勾勒出一幅假想的迷宫复原图。

他提出,自己发现的这些神祠,正是迷宫中原有的九个神祠中的一部分,它们排成一列,横贯于金字塔的脚下,每一个都属于一座门前立有圆柱的宫殿,由一组宫殿组成的宫殿群刚好与对面大厅内的一列东西走向的二十七根圆柱遥相呼应;而在大厅的另外一侧是又一组门前立有圆柱的宫殿,它们六个一组,规模比其他的都要大,一组一组的柱子就这样向前延伸,直到被另

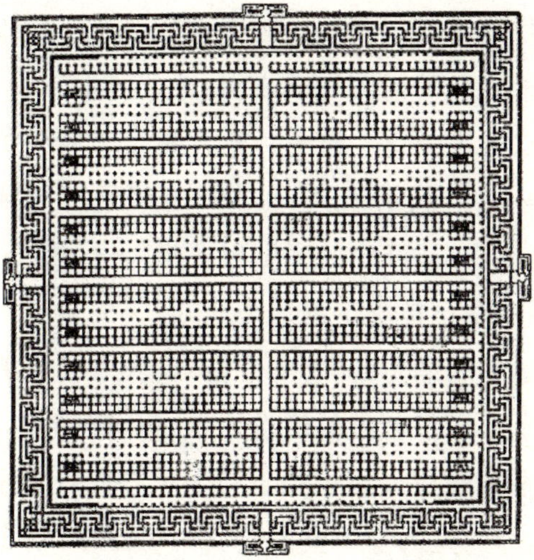

(图3) 埃及迷宫。复原平面图。(卡尼纳)

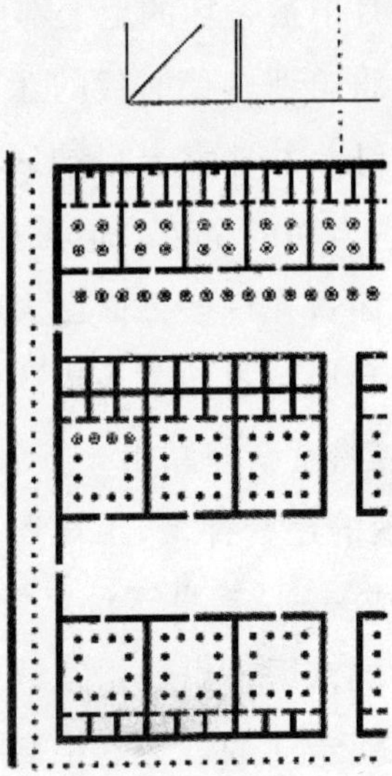

（图 4）迷宫西半部的复原平面图。（弗林德斯·皮特里）

一个长方形的大厅隔断。(见图 4)

尽管从目前支离破碎的遗迹中,已经很难找到完整的证据;尽管史上各种资料的描述天壤之别,彼此间矛盾迭生,但至少对两点基本可以肯定:第一,这种被称作迷宫的最早建筑物曾经被应用过,且确实存在;第二,它在本质上属于一种异常庞大的建筑史上的遗产,它被修建的历史相当悠久——至少已超过 4000 年,它的遗址就在已被确定的这个地方。

至于修建它的最初目的,至今仍众说纷纭、莫衷一是。不过,很有可能它是被用作各省的议事地点,所以在第十二王朝时期,它内部的宫殿数量应大约为二十二个。但是另一种分析的可能性似乎更大,即它是为安葬皇室成员而准备的。很多例子都已明显表明,从废墟中发现的各种神和女神的雕塑碎片判断,这是一个祭祀众神的中心。

从刻在一块巨石表面的业已依稀难辨的碑铭中，皮特里教授异常艰难地破解出它的内容——托勒密(Ptolemy)王朝的一位国王写给克娄巴特拉(Cleopatra)王朝的一位女王的献辞，他推断它的年代应为公元前二世纪之初，当时这座迷宫的主人尚为埃及皇室，但此后不久便惨遭灭顶之灾。然而不管它最初的目的如何，它却早已沦为后来的一代代人最方便的“石料采集场”。

第四章

克里特迷宫

（一）

普鲁塔克笔下的特修斯事迹；克里特的发掘——雅典人的供奉——代达罗斯的迷宫——阿里阿德涅的线团——与米诺陶之战——鹤舞——英雄回归的悲剧——有关这个传说的其他描述——关于米诺斯与代达罗斯的思索

特修斯和米诺陶的故事

查理·金斯莱(Charles Kingsley)的《希腊英雄传》(*Heroes*)和纳森尼尔·霍桑的《丛林传说》(*Tanglewood Tales*)是大多数英语国家民族所熟知的作品，而这些作品中的主角特修斯(*Theseus*)只身闯迷宫、杀怪兽的传奇经历更是为人们津津乐道。当然，普鲁塔克(Plutarch)的《希腊罗马名人传》(又称《名人传》或《传记集》)才是这一类迷宫故事的开山之作。

但是，这部作品并没有因为历史的久远而在现实中失去其原有的光泽，所以当我们谈论这一独特主题时，必然会联想到这部作品中的那一段段充满神秘色彩的传奇。而这些传奇都围绕着一个中心——克里特迷宫。现在，我们就跟随普鲁塔克的这部经世之作来重游那座如梦如幻的克里特迷宫。

这部《希腊罗马名人传》在公元一世纪的后半段曾盛行一时。而其中关于特修斯的故事，更是从此历久不衰，源远流长，成为后来许多民间传说的创作源头。普鲁塔克的这些素材是从希腊早期的作家巴克基利得斯(Bacchylides，公元前 5 世纪)、克来德姆(Cleidemus,公元前420年—公元前350年)、非洛可鲁斯(Philochorus,公元前306年—公元前260年)等人的作品中精选出来的。

在克里特的各种传说中，关于特修斯的故事或许是这部长篇英雄史诗中最富传奇色彩的。下面让我们简要地回顾一下这个故事。

埃勾斯(Aegeus),是特修斯的父亲,古代雅典的国王。那时候,希腊政权的中心位于克诺索斯(Knossos),其附属于克里特岛,它的统治者被称为米诺斯(Minos)国王,他统领的海军骁勇善战,凶悍异常,其王国也成为当时地中海一带最强盛的国家。米诺斯膝下生有一子,名叫安德洛革俄斯(Androgeos),一次他在阿提卡(Attica,古希腊中东部一地区)旅行的时候,当地人发动叛变将其杀害,随后消息便传到了他的父亲那里。米诺斯国王自然是勃然大怒,他将此迁怒于所有雅典人,为了报复,他命令他们每九年要向他上缴一次贡品,而贡物是七对童男童女,他们必须按照指定的日期用船运送到克诺索斯。

在米诺斯王宫里有一位智慧超群、远近闻名的工匠,他的名字叫代达罗斯(Daedalus),当时社会上各种惊世骇俗的发明都出自他的双手。代达罗斯曾经发明过一座构思巧妙、结构复杂的建筑,就是迷宫,它最为独特的地方就在于,任何闯入迷宫的人,如果没有向导的指引,几乎不可能找到它的出口。

这座迷宫最初是计划住人的，可是最后不知为何却住进了一个令人毛骨悚然、凶残无比的怪兽,叫做米诺陶(Minotaur),他是米诺斯王后帕西法(Pasiphaë)所生的儿子。这个米诺陶被描绘成一个半人半牛的怪物,性情凶猛异常,任何进入他的捕杀范围内的人都难逃一死。

据传说记载,从雅典海运过来的那些童男童女就是要供奉给他享用,他们来到迷宫门口时,会被一个一个推进迷宫里。他们在那里徒劳地四处乱闯寻找出口,等到他们筋疲力尽以后,米诺陶最终才现身抓住并杀死他们。

特修斯在进入埃勾斯的宫殿前,一直是由他的母亲在一个十分偏远的地方抚养长大,可是当他与父亲团聚时,却发现父亲陷入极度的悲伤中。出于好奇,他便追问其父亲悲伤的缘由,原来,为米诺斯王国供奉祭物的时候又到了,而这已经是他们第三次遭此劫难了。

这位勇敢的年轻人立即说道,“让我成为这十四个人当中的一个吧!我会找到办法除掉米诺陶的,以后就不必再给他们供奉祭品了。”面对儿子的请求,埃勾斯在经过一番劝阻不成后,最后还是应允了,但是他规定,如果特修斯能够成功实施他的计划,运送贡物的船在返回途中要升起一面白帆,而取下原来的黑帆,因为黑色通常被认为是不吉利的象征。

话说特修斯一行,一路扬帆直奔克诺索斯。在到达没多久后,他就被一位容貌出众的金发少女深深吸引,这位少女不是别人,正是米诺斯国王之女,名叫阿里阿德涅(Ariadne)。

此时,俊秀、姣好的容貌和对爱的渴望完全征服了两个年轻人,为了帮助自己的爱侣,小公主在特修斯被丢进迷宫前,给了他一个线团和一把剑。线头的另外一端被系在迷宫的门口,而特修斯则一路拉着线团走向迷宫的深处。

特修斯按照指示最终找到了米诺陶的老巢，经过一番激烈的厮杀，特修斯最终战胜了怪兽，并将他杀掉。然后他便顺着来时路上留下的线团成功逃离了迷宫。他随后以种种方式解救了其他囚犯，并获许登上了来时的那艘船启程返航，然后，他和阿里阿德涅一道将船帆向雅典方向扬起。

但是，他们此时似乎已不急于返回雅典。这一队人登上了一片名唤“en route”(在路上)的岛屿，开始载歌载舞庆祝起他们的成功逃亡。根据传说，在那里(得洛斯群岛)他们跳起了一种叫做“Geranos”(希腊文，鹤舞的意思)的舞蹈，他们在其中加入了在迷宫内丢线团的动作，后来这种舞蹈便被岛上的居民沿袭下来，直至近代。

特修斯似乎在两件事上欠缺考虑，最终导致了他不能如期抵达家园，这种事如果换作他人，一定会被痛骂，但他毕竟是希腊人的英雄。首先是他在由纳克索斯岛(Naxos)重新起航的时候，竟然落下了阿里阿德涅公主；其次，是他彻底忘记了他的父亲临行前的嘱托，没有及时将船帆更换，结果导致可怜的老埃勾斯远远望到归来的船上仍挂着黑色的帆后，误以为自己的儿子已遭不测，遂投海自尽。于是，这也便是这片海域为何名为爱琴海(the Aegean)的由来，这一称谓延至今天。

图5是我们复制的一幅早期意大利的作品，图中展现的是同一时期发生的各种事件。这幅图是巴希奥·巴尔蒂尼以及闻名于世的佛罗伦萨图片史(Florentine Picture Chronicle)共同拥有的一系列图画之一。这本画册在相当长的时间内都是属于约翰·拉斯金(John Ruskin，1819年—1900年，美国作家，美术评论家，

（图 5）克里特迷宫。（《佛罗伦萨图片史》）

社会改革家)的私人财产,但现在被收藏在大英博物馆中。在同一时代,一所雕刻学院展出的一个作品,似乎也是以这幅画作为原型。(图 6)

关于克里特迷宫,一直流传着多种版本的传说,其中有些甚至天壤之别。

比如,非洛可鲁斯是一名在古雅典声名显赫的作家,在描述阿提斯(Atthis,希腊神话中的一位美少年)时,也保持了非常理性的态度。他称这座迷宫只是米诺斯关押希腊青年的地牢,他把很多年轻力壮的小伙子囚禁在那里，直到他为纪念死去的儿子召开运动大会时,在比赛中的获胜者才能获得自由以示赏赐。非洛可鲁斯认为,众多传说中迷宫里的那个怪物,实际上只是一位

(图 6) 克里特迷宫。(意大利雕刻;雕塑学院)
(Italian Engraving; School of Finiguerra.)

军官,他被要求表露出残暴的性格,并与其子名字相联系,很可能就是为了创造出一个米诺陶的神话。

克里特诗人艾皮米尼地斯(Epimenides)生活在公元前六世纪,他说特修斯实际上是借助酒神巴克斯(Bacchus)的“光”,巴克斯赠给了阿里阿德涅的一顶金光闪闪的镶有宝石和黄金的皇冠,特修斯正是借助皇冠四射出来的光亮,才能从暗无天日的迷宫中得以逃生的。

亚里士多德根据普鲁塔克的描述,在其一部著述中也提出了自己的观点,他说,他始终相信那些被供奉的雅典青年并没有被米诺斯处死,而是被扣留下来成了奴隶。此外,普鲁塔克还对当时社会上盛行的打着米诺斯的名声,肆意将希腊传说篡改的鄙俗风气深恶痛绝。他指出,只有荷马和赫西奥德(Hesiod,公元前8世纪希腊诗人)笔下的那些希腊神话才是值得尊敬的权威版本,他所宣导的这种态度实际上是为人们树立了评判的原则和标准。

根据经典神学,米诺斯就是希腊神话中至高无上的主神宙斯之子,宙斯与欧罗巴——人类的女儿结婚,后者随后又在底克泰里安(Dictaean)的山洞中临盆生子,而那里就离克诺索斯不远。米诺斯像摩西(《圣经》故事中犹太人的古代首领)一样,接受了神的教诲,"受天命"在其有生之年负责治理天下的黎民百姓,而死后也会在阴曹地府继续同样的工作。

很有可能,如默里(Murray)教授所说,米诺斯只是一个通用的名字,就如埃及历史上的"法老王",罗马历史中的"恺撒"一样,它只是给克里特历史上众多的同属于某种类型的国王授予了一个通用的称谓而已。这实际上应是一种标志,譬如对某位君主的名望表示敬意,或是对具有殖民权力的王公贵族们表示敬畏,我们还发现散落在地中海东部北岸的许多城镇和乡村都被冠之以"米诺亚"(Minoa)的名字。

代达罗斯的名字同样也被认为是用来指在不同领域具有非凡才能和超群技艺的匠人或发明家。而与这个名字有关的最首要的功迹,包括迷宫的设计,修建了一个合唱大厅,或者叫做舞厅的建筑。此外,他还为阿里阿德涅塑了一尊代表米诺斯的王后帕西法的巨大而空心的母牛模型,为的是帕西法可以经常与那只巨大的白色公牛见面,据说她有使女人受孕的非凡效果。

而发明的"人造翅膀",则是代达罗斯从迷宫逃遁的工具。代达罗斯发明的器物中还包括螺丝钻、铅锤线和其他一些小零件，以及船上的桅杆和风帆。

特修斯与米诺陶的故事在古代和中世纪的艺术中常常得以体现，在后文中还会不时提到。现代的艺术家们也从未忽略过这个创作的主题；一件比较典型的艺术品是意大利雕刻家卡诺瓦(Canova)于1819年设计的一组气势恢弘的大理石雕塑群，现在被收藏在维也纳艺术史博物馆中，从前也曾被陈列在人民公园(Volksgarten)的特修斯神庙中。

现在，很自然会有一个问题冒出来：真的有迷宫这种建筑吗？如果有的话，那么它在哪里？它的实质又是什么呢？

第五章
克里特迷宫
（二）

戈提那的洞窟——晚期古典作家们的记述——杜纳福尔的游记——波考卡和萨瓦利之旅——斯普拉特船长的游记——戈提那洞窟与传说中迷宫之间的牵强联系

戈提那的洞窟

据希腊历史学家阿波罗多罗斯(Apollodorus,活跃于公元前140年左右)在其作品《希腊神话》(*Bibliotheke*,书中记述了特洛伊陷落后的一段世界史) 中论述，代达罗斯按照埃及迷宫的模式,在克诺索斯为米诺斯国王也修建了一座迷宫,但其规模仅为埃及迷宫的百分之一。由于这段论述曾被包括普林尼和狄奥多罗斯在内的诸多学者反复引证，于是便引发了后世众多研究者对此考证的浓厚兴趣，人们冀望能够从克里特岛上找到这么一座类似的建筑，即使它的实际规模比希罗多德和斯特雷波等人的描述要小得多，只要它能佐证这座充满神秘色彩的迷宫的真实性。

但是，人们在这座岛上乐此不疲的挖掘却没有收获太多有价值的发现，除了在克里特岛南部的戈提那找到一些比较明显的迂回曲折的通道,洞窟的出口位于艾达山(Mount Ida)一侧。对此,包括罗马诗人卡图卢斯(Catullus,约公元前84年—公元前54年)和克劳狄安(Claudian,生活年代为公元四世纪末至五世纪初)在内的一些古代作家认为,这座洞窟(或是克里特岛上许多洞窟中的一座)就是传说中的克里特迷宫,这种观点在学界许多年以来一直影响深远,直至上世纪初才被推翻。

近代首位着意挖掘这座洞窟的旅行家是法国人杜纳福尔(G.P.de Tournefort,法国十世纪的植物学家),他耗时三载(1700年—1702年),遍游了小亚细亚和黎凡特(Levant,地中海东部地区,包括希腊、埃及、叙利亚、黎巴嫩、巴勒斯坦等地)各地。

杜纳福尔的这些游记笔触细腻、生动,所介绍的各地趣闻更为许多人前所未闻,在当时社会上如一缕清风拂过,令人耳目一新。随之,他的著述很快便被奉为相关方面研究的重要参考文献。不论是他最初的法语版还是后来被约翰·奥泽尔(John Ozell)于1718年转译的英文版本,历来都被考古研究者们广为引证。

在这部著述中,杜纳福尔在谈到自己1700年7月1日亲赴的那座迷宫时这样写道,"这座著名的建筑,是藏于地下的像街道似的一条通道,它千回百转,蜿蜒盘桓,看起来很难找到出口,且其走势布局毫无规则可言,整个洞窟(或者称它山体内部分)都位于艾达山脚下,也就是距离戈提那以南三英里的地方。

"这座迷宫的出口是一个天然开放的洞口,洞口宽约二十英尺左右,但高度却十分有限,即使中等身材的人也须弯腰方能通过。

"洞口处的地表看起来凹凸不平;而与此相对,洞顶则十分平滑规则,极目望去,这种平展的走势一直到很远才被参差拱起的岩床所阻断。

“所以，你最初的印象就是：这是一类在乡村十分普通的岩洞，稍微有一点坡度，这与通常的洞穴毫无区别，但是当你继续向前，很快便会发现里面‘别有玄机’——除了没完没了的弯路就是虚实难料的岔路，置身其中如坠梦魇。其间的主路与其他岔路比起来倒是更为容易分辨，其长度足有三千英尺以上，一直通向这座迷宫的远端，路的尽头处是两间宽敞、华美的大厅，访客可以在此惬意地休憩。这条路至此一分为二，在其各自尽头，再分出两或三条岔路，然而所谓迷宫的最危险部分还不在此，而在它的出口，即向左距离山洞大约九十英尺的地方。如果有人误入其中的任何岔路，那么等待他的将是上千条蜿蜒盘桓、七弯八曲的羊肠小径，在一阵盲目地乱闯误撞后，可想而知最终他无疑会被绕得晕头转向，迷失其中。”

杜纳福尔还提到在里面看过各种不同的用木炭涂写在墙壁上的题字，大部分是曾经造访过这里的旅行者，从时间上看跨度也很大，从 1444 年到 1699 年前后有二百五十多年的间隔。他说，“我们也‘入境随俗’，在里面的三个不同地点用一块黑色石头刻下公元 1700 年的造访时间。

“在对这座迷宫的内部结构进行一番彻底的考察后，我们所有人都得出这样一个相同的结论，即，它绝不可能是出自近代人之手，也就是说，这里是一处古代的采石场，从这里挖掘出来的石材被用来建起了戈提那和诺塞斯(Gnossus)城。但是他们可能为了采集石料而一直向地下深挖两三千英尺，并且留下那些不计其数的古怪弯路吗？……再者，他们又怎样将采集到的石料穿越重重障碍送抵到一处呢？因为我们在里面两三百英尺深的地下,就不得不靠爬行才能钻过那些低矮的小洞了。

“此外,这座山本身也是深崖峭壁、怪石嶙峋,山势异常险峻,我们在爬山的过程中要克服重重的困难……同样值得关注的还有,我们在这座迷宫里看到的石头,既无鲜艳的色彩,又缺乏足够的硬度;可以说,这里的险恶艰难,与戈提那附近的其他山地十分相似。

“因此,这座所谓的迷宫可能原本只是一处天然洞窟,只是在后来的历史中,有些人出于对它的好奇而编织出许多奇异的神幻故事,而其中着力渲染的正是洞中那些曲折狭窄的通道……毫无疑问,一些牧羊人很早就发现了这些地下通道,因此便有更多的人知道了这里,他们将其修建成一座迷宫,以便将它当作一座战时避难所,或者躲避暴力政府的迫害:而今天它只是蝙蝠等小动物们的栖身地。”

杜纳福尔曾与一位愚昧的牧师在此稍作停留,“那人梦呓般地一直对大家喋喋不休,说什么意大利的一位古代先知曾在这座迷宫内的墙上写下俄国沙皇很快将成为土耳其帝国的主宰,将希腊人从土耳其殖民者的统治中解救出来。”

他又说:“迷宫内墙面上的所有涂鸦都是游客们画上去的,而这些笨蛋竟会把它们奉为先知留下的笔迹。”另外,杜纳福尔还提到位于干地亚(Candia,即伊拉克利翁)的一座迷宫,但他称其绝不是传统意义上的真正迷宫,“从古代图章上看,它似乎早就存在于诺塞斯城中了。”

我们在前面第三章曾经提到过理查·波考卡(Richard Pococke)博士对埃及迷宫的描述,他在杜纳福尔之后大约四十年也造访了戈提那。他说,他看到了这座“迷宫”,但很明显,修建整座城市用的石料都是取自这里的采石场。他指出真正的迷宫在克诺索斯,但是其中所有普林尼时代(公元一世纪)的古迹如今全都荡然无存。

另一位法国旅行家萨瓦利(C. E. Savary)也于 1788 年到过戈提那的这座“迷宫”。他得出的结论是,这里就是米诺陶的迷宫,但它与代达罗斯在克诺索斯修建的那所迷宫又存在着许多不同之处。

关于这座戈提那洞窟还有一段非常有趣的记述,这段记录出自科克雷尔(C. R. Cockerell)的航海日记,他曾于 1810 至 1817 年间在南欧和黎凡特地区游历。他和同伴由位于艾达山一个陡坡上较为隐蔽的一处洞口进入这座“迷宫”,此后他们发现自己进入了一条错综复杂、迂回曲折的通道。

由于他们事先对此早有准备,随身带了一条相当长的绳子,将其缠绕在两根木棒上,所以他们无疑是幸运的,对于“这些弯路”,科克雷尔这样说道,“我们一进去就立即被眼前的景象困惑住了,而且我的指南针又坏了,此时我对自己的方位全然不知。这种复杂的布局无疑是人为设计的,显然,那些为数众多的回廊令我感到恐惧和一种难以言喻的痴迷。每隔十步通道就被阻断,我们不得不向左或向右转弯,有时甚至要在三四条岔道中进行选择。可想而知,一旦有人迷失其中后果会怎样!”

此处他提到一个可怜的家伙,那个人之前一路上一直坚持要跟他们一起,从干地亚一路来到戈提那的这座洞窟。

这个人和一个孩子走在我们的后面,结果与前面的人走散,而他们身后的人也随着一同迷失了路途——除了一些土耳其人外，在他们的神学教义中，上帝一向眷顾那些常人眼里的疯人的，但我们对他们的这一言论深感惊恐。幸运的是，这群人在乱走乱撞了一个小时后终于被我们找到，而此时那个孩子已被吓坏了。

通道中时常会看到一些开放式的隔间，里面留下了从前游人的大量遗迹，其中最主要的就是涂刻在墙上的名字，比如“斯皮诺拉”(Spinola)、“霍金斯，1794 年”(Hawkins)、“菲奥特”(Fiott)，其中许多带有犹太人名字的特征。

所有的通道尽头都栖居着成群的蝙蝠，我们其中有人朝天开了一枪，结果立刻飞窜起成千上万只大大小小的蝙蝠。洞内四处可见地衣苔藓，在其中一处我们还发现了一眼泉源。洞内的岩石中应该含有某种金属矿物质，但含量并不是很高。据此，科克雷尔提出了此地系一处矿井的假想。这里的石头多为沙石，分层而积，硬度较小，空气十分干燥。岩石的表面看起来有用凿子准备开采的痕迹。

整体来说，这里的通道有 8 至 10 英尺宽，4 至 10 英尺高；许多地方已经坍陷。科克雷尔推断，这处洞窟很可能在米诺斯时代是被作为储存谷物和贵重物品的一个仓库。他曾听当地人说过，这座洞窟贯通整个山体，长约三英里；更神的是，曾经有一头母猪钻进山洞，数年以后，竟有人看见它再次出现，而且身边还多了一群小猪！

大约在科克雷尔这次探险半个世纪后，斯普拉特(T. A. B. Spratt)船长再次来到这座洞穴进行勘测，他在随后发表的作品

《克里特的旅行和调查》(*Travels and Researches in Crete*,1865年)中提到,克里特岛人“很久以前便将其内洞和未被勘测的洞口封死,为了人们不至于误入其中。”

他论证了这座传说中的迷宫可能存在的位置,并推断它很

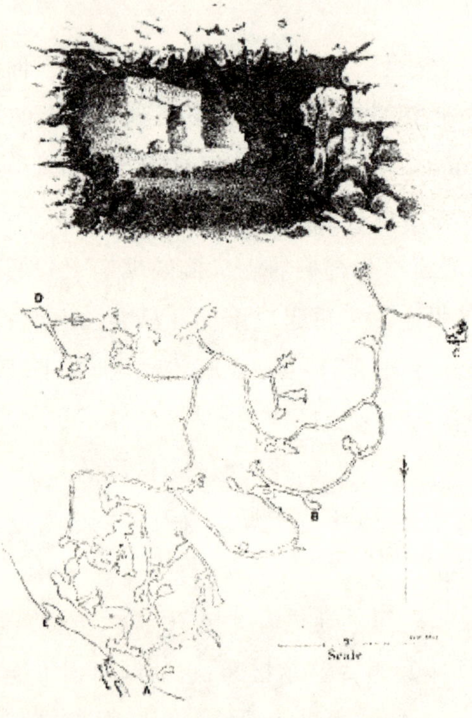

(图7) 戈提那的洞窟。(希伯尔绘)

可能是位于克诺索斯附近地区的一些相似的山洞中。科克雷尔还谈到,事实上,从位于山脊一侧的一个洞窟可以俯瞰整个克诺索斯,据当地人讲,从这个洞口可以直通到规模巨大的地下陵墓群,但是这个洞口在漫长的历史中被坍塌滑落的山石堵住了。

斯普拉特复制了一张由希伯尔(Sieber)绘制的戈提那洞窟的草图;他称绘制这张图整整耗费了作者三天的时间。斯普拉特指出,这种与希腊式装饰存在诸多相似的曲线图案,被某些作家和迷宫概念联系在一起,它们很可能是源自常常被东方的园丁们用来灌溉而设计出的方形螺旋沟渠图案。

总之,无论戈提那洞窟最初的目的和功能是什么,我们都可以称它是某种外延意义上的“迷宫”。毫无疑问,古代的许多作家在描述这座洞窟时都使用了“迷宫”这一词汇,并且对此深信不疑,但是,我们也看到,随着近年来不断出土的考古发现,人们对有关它的“迷宫”说法已经有了新的认识,那种宣称它就是最初的米诺陶迷宫的说法正逐渐淡出人们的视野。

第六章

克里特迷宫（三）

亚瑟·埃文斯的探险——重要的发现——发掘出的宫殿群——宫殿中的古迹——关于大宫殿(the Great Palace)的描述——绘在墙上的迷宫——双斧大厅——对公牛的崇拜——谢里曼的研究——捕捉公牛的运动——揭开这座迷宫神殿的“庐山真面目”

克诺索斯

在距离戈提那东北几英里、干地亚北岸城市以南不远的地方,是凯夫拉(Kephala)山的麓基,其间散落的一些残垣断壁标示出,这里就是克诺索斯古城的旧址。这些古墙中既包含着大块的石膏,也有雕嵌着古怪符号的钻孔。

亚瑟·埃文斯(Arthur Evans)一直相信,对这座遗址的挖掘很可能会为人们研究希腊文明体系的起源带来新的证据,但是遗憾的是,直至1900年他才获许对这一地点进行挖掘。而最终的发现却令所有人大吃一惊,将人们此前的兴趣完全吸引到另外一面,人们甚至对此投以更大的热情,以长篇大论来对此进行论述。尽管如此,这些话题许多年来仍始终被许多著名学者反复摘引和讨论,这里我们对它进行如此提及的主要原因是,它们诞生的土壤正是本书的核心命题——关于迷宫的故事。

埃文斯率领一群考古队员,前后历时大约两个月,动用人力多达150人,在方圆两英亩的这座史前建筑的遗址上进行了挖掘,发现的证据足以显示,这里曾被一场大火烧毁,失去所有表面上的遮蔽,后来的挖掘又显示,它此后的面积变得更加广袤,覆盖的面积达五英亩左右。不仅这座宫殿本身,包括在其内部发现的许多器物,乃至与之相关的任何线索,都成为在这个古老文明的土壤中孕育而生的重要证物,这一切都标示着它的存在,埃文斯将其命名为“米诺斯文化”。

挖掘出土的包括:为数众多的图案和工艺都存在较大差异的陶器,有字的匾牌,壁画——一般来说都相当漂亮。浮雕,塑像,神祠,印章,珠宝,一张皇家赌桌,甚至还有一个王座,这些器物都在这个过程中陆续被挖掘出来,最后整个地区都被挖到了地下的深岩层,一座更早、更小规模的宫殿被发现埋在另一座宫殿地下,而在它之下还有一层厚厚的沉积物,其中包含了许多新石器时代人类的遗迹。

透过从埃及进口的古代器物中偶尔获得的一些发现,透过将米诺斯陶器和绘画与埃及古墓的一些发现进行比较,以及从其他各种管道发现的线索,都使定义上层遗迹的时期成为可能,即最早可以追溯至公元前 1580 年或比此更早一点的时间。

要定义这些古老遗迹的时间是相当难的事情,主要是因为,尽管他们常常可以与埃及文明中的某些历史时期进行比较和换算,但是由于晚期的纪年表收纳了许多不同的观点,所以相较起来更加稳妥的一种提法是,米诺斯文明的最早线索应该可以追溯至公元前 3000 年,或者比这更早的许多个世纪。

当然,据史料记载,迄今有据可考的史前宫殿和城市,大约是在公元前 2000 年前左右,但其在几个世纪后被毁。此后再出现的史前宫殿则是始建于公元前十八或十九世纪左右,并且在随后的几个世纪中被逐步完善,但后来在公元前1400年前后被洗劫和焚毁,究其原因,也许也是应了“盛极必衰”那句老话吧!因为的确是恰在当时,其文明辉煌程度再次达到了它历史的顶峰。

考古学上,将发掘出的这座宫殿定为第一等级。历史上,曾有一些人是在基于对古克里特建筑水准的认知上,来研究古希腊建筑匠人在手艺方面的进一步发展,可是一千年以后,人们惊讶地发现,在许多方面,二者中更为古老文明下的产物反而更加高等。

谈到这个问题,关于这座迷宫最惹人关注的特征之一,就是“多层”(several storeys),所有的房间都围绕着一个中心宫殿,并且由许多“光井”(light-wells)贯穿起来;这幢建筑中建有许多楼梯间,其中每一个都特色鲜明,装点华丽,并且包括数级楼梯。此外,它还拥有非常现代的排水系统——地下连接管道和主排水沟的检修孔。沿着建筑底层的西边,挖有一条长长的直行廊道,其间在通道的两侧建有许多大型的仓储室或曰军火库。正是在这条长廊的一端,埃文斯博士发现了大批贮藏的雕刻着文字的牌匾,进一步印证了他的怀疑的准确性,即腓尼基人的文字并非是欧洲书面语言的最早祖先。

在距离这处遗址不远的地方,有一个房间摆放着一把王位,这很可能就是米诺斯国王一直占据的地方。宫殿的西北是一个“梯级戏院区”(或称乐队演出区),这又好像与阿里阿德涅的那个“跳舞场”不谋而合。回到我们的主题,这座宫殿内最有趣的特征是不断出现的双斧标志,很明显,这一器物在米诺斯人的宗教崇拜中占有重要地位，此外还有大量与公牛祭祀仪式相关的证据。在一条走廊上的一块脱落地面的墙壁上，也有那种反复出现的曲线图案，清楚地显示这是一种迷宫(图 8)。

(图 8) 克诺索斯宫殿墙壁上的迷宫图案。(埃文斯)

研究这种斧形符号的意义，在我们看来，它应该源自于“迷宫”(labyrinth)这一词汇，这个问题在后面的章节中还会提到，并将进行更深入的探究。宫殿内的一个房间——一间长度约八十英尺、宽度约二十六英尺的正厅，中间贯穿了一排残缺不全的方形柱子，被它的发现者命名为“双斧大厅”(the Hall of the Double Axes)，这是因为在那里多次发现了这一符号。这一常用来祭神的双斧不仅成为出现在一些石块（包括宫殿内的某些柱子）上的雕刻图案，而且一些象征性的小模型也被发现与一座祭坛有关。

在几英里之外的底克泰里安(Dictaean)的山洞中，人们还发现了这种斧具的青铜器样本，这显示它们代表的都是祭祀供物。

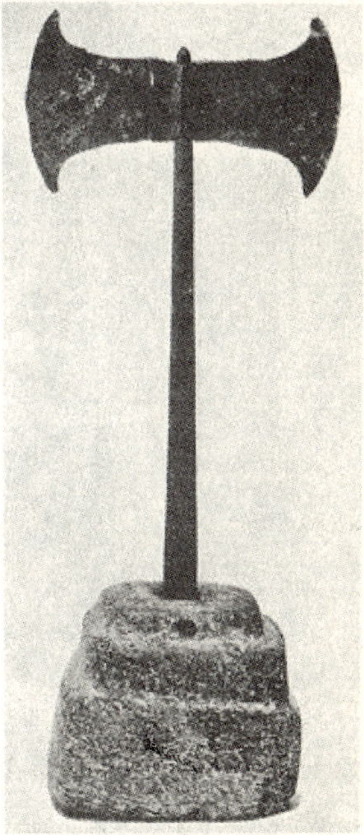

（图 9） 底克泰里安山洞出土的双斧和梯级滑石基架。(Psychro)（经古文物研究者协会及亚瑟·埃文斯授权）

有时这种宗教符号也出现在带有插槽的基架上面。此外，在距今更近时期的一系列考古发掘中发现的一个“坟墓”也呈现出双斧形状，并且这座贮藏室的形状显然是一个巨大的徽标。

在埃文斯博士对克里特进行发掘的很久前，另一位伟大的德国考古学家谢里曼在对大陆上的迈锡尼进行考察期间，在一个墓葬群中挖掘出

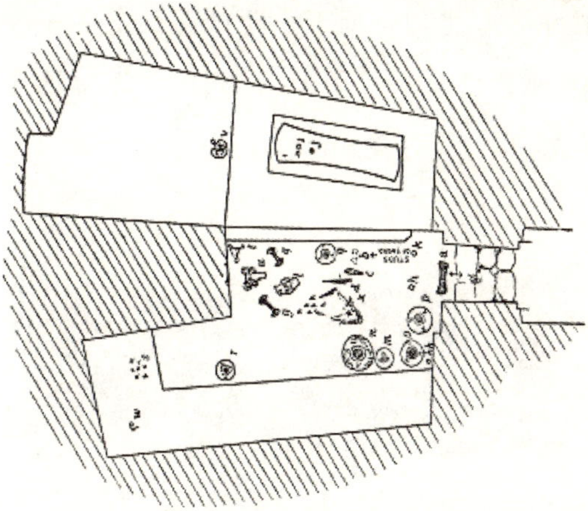

（图 10）克诺索斯双斧坟墓的平面图，显示出遗迹的发现地点。（经古文物研究者协会及亚瑟·埃文斯授权）

（图 11）克诺索斯箱形石坟的外表,呈双斧形状。
（经古文物研究者协会及亚瑟·埃文斯授权）

一件带有牛头的金盘，在两只尖尖的牛角间也有一柄双斧。此外，在克里特岛东北方向位于小亚细亚岛上的一个乡村——卡里亚(Caria),双斧还是崇拜宙斯的标志,在那里这种器具被称作“labrys”。

（图 12）从双斧陵墓中发现的青铜双斧。
（经古文物研究者协会及亚瑟·埃文斯授权）

公牛出现在祭祀仪式上这种情况在宫殿的其他废墟中也找到了大量证据。谢里曼在1884年挖掘梯林斯遗址时,也见过一幅十分特别的壁画,描绘着一名男子手握一头健壮公牛的一只角,同时纵身一跃跳过牛背,而这头巨兽此时在发疯似的狂奔。

在这幅壁画被发掘出土后,考古学家们又相继发现类似这一场景的古迹,它们被画在墙上、雕刻在宝石上,或者印在印章上。在克诺索斯宫遗迹中发现的一幅壁画上,画中两个女孩正在全力躲避一只奔跑中的公牛,而此时另一位少年则松开牛角,转身从牛背上翻过去。

在宫殿北门附近,人们发现一尊巨大的公牛头石膏雕塑,无疑,它最初应是整头公牛身上的一部分。这尊雕像是米诺斯艺术的一件代表作品。其做工与真牛尺寸相差无几,色彩栩栩如生,特别是那一双铜铃大眼,目光如炬,直逼观者,传递出一种霸气十足的完美效果,给人造成强烈的视觉冲击。

这些仅仅是少数的几个例子,更多的图景是描绘一种叫做“跳跃的公牛”(bull -leaping)的运动——希腊语称之为ταυρωκαθαψια,这是一项深受米诺斯人喜欢的游戏,很可能当年在这座宫殿内也举行过。

在这一系列发现陆续登台亮相后,埃文斯博士断定克诺索斯宫即是所谓的“迷宫”,或者将其称作“House of the Labrys”,它使人们再次想起那个古老的米诺陶的传说——由此也可以解释这个传说的根源正是由于古代宫廷将抓来的囚犯进行训练,以从事这项危险的斗牛运动。而对于这一单字的由来,则可以解释为,Tauros=公牛,因此Minotaur=米诺斯的公牛。

我们在后面的一章还将提到关于“labyrinth”这个单字的语源学问题。这座宫殿当然已足够复杂,在它的迷幻作用下,纵使平时再镇定自若的人,也很难顺利脱身,但是它遗迹的平面图却分明显示出,其与传统类型的一般迷宫存在很大差异。尽管如此,在其墙壁上画着的曲线图案与以往的迷宫仍旧存在某些契合。有一种观点认为,这座迷宫一直以来都是座地牢,修建它的作用就是防止犯人们逃跑。

思虑这则传说的起源,我们一定还记得,在克诺索斯宫被毁与史籍上记载的第一座迷宫之间,间隔着许多个世纪,所以必须考虑另一种可能性的存在,即后来在克里特的优势民族很可能会展开他们丰富的想象力,来为这座庞大而复杂的被焚毁的古城废墟著书立史,所以自然而然便将他们自己的壁画和神秘符号添加进去。

此外,人们还想到另一种可能,在克里特的挖掘尚未到达最后阶段,也就是说,尽管迄今尚未找到与概念上那种形式的迷宫一致的建筑遗迹,但仍有可能在将来的某个时候获得新的发现,尽管事实上这种可能性似乎比较渺茫。

甚至在这本书即将出版的前夕,亚瑟·埃文斯还在泰晤士报上发表文章,宣称在未来还会有更多振奋人心的发现;他发现克诺索斯地区在公元前1600年前后曾发生过一次大地震,这次地震将这一地区彻底摧毁,为此,他还提出了自己的证据——包括可移动的祭坛和巨大的公牛头骨——这显示它们是在祈求神灵宽恕罪过时使用的祭品,这让我们想起了荷马的诗句,“公牛会使主掌地震的神高兴”;最后,在大约距离地面以下三十英尺的地方，人们发现了一座人造山洞的出口，洞中有通道通向地下，那里明显是某种大型动物的洞穴。

亚瑟·埃文斯说，“即使这样，或许也要比我们信马由缰地胡乱想象要强。”

第七章

伊特鲁里亚迷宫

被普林尼提到的其他迷宫——法罗对伊特鲁里亚迷宫的描述；波塞纳国王之墓——关于它的思索——邓尼斯之旅——伊特鲁里亚的迷宫洞窟；沃尔泰拉与托斯坎内拉——被斯特雷波与普林尼使用的迷宫“Labyrinth”——游戏中的迷宫“Maze”

伊特鲁里亚迷宫

除了埃及和克里特的迷宫以外，还有其他一些建筑在被人们提及时，也常被归为与前者同一类，这种习惯一直延续到相对较晚的近代。

普林尼曾经提到过一个在希腊的利姆诺斯岛(Lemnos)上修建的迷宫，他说这座宫殿因其内部的150根精美的柱子而闻名，而它的遗迹当时仍旧存在。普林尼还提到在萨莫斯岛(Samos，爱琴海东部的希腊属岛屿)也有一座迷宫，据传它为罗马教皇希欧多尔罗一世所建，他说，"所有建筑的屋顶都是用磨光的石板搭建成拱顶。"对我们来说，对于这些古代建筑基本上再也没有更多的了解了，但普林尼引用了法罗(Varro，公元前116年—公元前27年)对克鲁西乌姆(Clusium，即今天的丘西)一座非常特别的古墓进行的详细描述，据说那是伟大的伊特鲁里亚国王波塞纳(Porsena)的陵寝。这是唯一一座被古代作家描述过的伊特鲁里亚的陵墓，而且它之所以被普林尼特别提及，是据说它有着一座地下迷宫。想必当年，它的做工一定是最为精良的，毫不夸张地说,它就是一座纪念碑。

甚至连普林尼在受命对它进行描述时也心生几许疑虑,经过一番深思熟虑,最后他还是决定在文章中仅引用收集到的资讯,而不妄加任何带有主观色彩的渲染。

他说,“我认为我应该提到它,为了表明曾经被许多外国名家描述过的内容并不准确,尽管它们都堪称伟大,但必须承认,它们已经被夸大了。但是考虑到这个故事本身充满神话色彩的独特性,我决定引用法罗在对此描述时使用的语言:波塞纳国王被埋葬在克鲁西乌姆城的地下,在那里他曾建起一座用石头砌成的方形纪念碑。它的每一侧都有三百英尺长、五十英尺高,而在它的地下有一座无法破解的迷宫,不管任何人,只要走进其中,如果在进入时没留下一个线团作为出来时的线索,那么他就永远也不可能找到出来的路了。”

“在这座方形建筑之上,矗立着五座金字塔,在四角及中央各有一座,它们的底宽有 75 英尺,高有 150 英尺。这些金字塔都呈均匀的锥形,五座塔尖完全合为一处,顶端用一个黄铜球固定住,在上面又放了一顶古希腊人的宽边帽,帽边的链子上挂着许多小铃铛。这就使得只要有风吹过,便会传来一阵叮当的响声,就像过去在多多纳(Dodona)曾经盛行的那样。”

“在这层的上面,还有四座金字塔,每个都有一百英尺高,它们再上面是一块平地,那里又有五座金字塔。后者的高度,法罗曾经进行过补充,但是根据伊特鲁里亚的故事,它应该与这座建筑的其他部分相同。当初之所以要造出这么一种近乎疯狂的工程,其实也是以巨大的代价来寻求不朽的荣耀,而它在漫长的历史长河中可能从未对人们开放过；更不要说穷尽举国的资源而建起的排水沟了。而到了最后，只有当初设计它的艺术家们会获得世人如郁金香般芳醇的赞誉！”

在学界，曾经有许多关于这座纪念碑由来的各种可能性的讨论，一种被普遍接受的观点是它曾多次被重新修建过，而在所有观点中最为鲜明的一个，就是基于法罗的描述，由一个多世纪前的一位著名法国学者卡特勒梅尔·德·昆西（Quatremère de Quincy，公元 1755 年—公元 1849 年，类型学的鼻祖）阐述的理论。

另一位在此方面的狂热分子，安吉洛·考特诺维斯（Angelo Cortenovis），他甚至刻意写过一段精彩的论述，来说明这一整套

（图 13）克鲁西乌姆的波塞纳国王陵墓
卡特勒梅尔·德·昆西根据法罗的描述绘制的复原图。

发明其精密程度丝毫不亚于一台巨大的发电机!

在这个问题上，大部分学者一直倾向于将法罗的描述看作是一个被夸大的虚幻故事。但是穆勒教授的观点认为,法罗描绘的这座迷宫确实存在,它的上面部分,无疑在文字描述中被修饰得有些过头,但也绝不能仅仅将它视作想象的产物。他认为,很可能确实存在像法罗描述的那样一个方形地下室，它依靠着规则的石工技术支撑而起。

另外,他还注意到,在意大利阿尔巴诺(Albano)的亚庇安古道(Appian Way)至今仍保留着与此相似的一座陵墓,只不过金字塔在这里被圆锥体所替代。当地人通常将这座陵墓称为霍拉提(Horatii)和库里亚提(Curiatii)。

在十九世纪早期,一位英国旅行家邓尼斯(G. Dennis)对伊特鲁里亚的古迹进行了研究，当地的几处独特的石窟迷宫令他感到异常兴奋。

他指出其中的一座迷宫带有明显的波塞纳国王陵墓的特征,普林尼当年曾单独提到过它。他说,这座被普林尼称作“Sub Clusio”的地下皇陵,使得随后的许多学者纷纷推断,在丘西的地下被设计有通道，但是这种建筑结构与通常的伊特鲁里亚地区的墓葬习惯完全不同,也就是说,按照传统,波塞纳的陵寝一定要被安置到城墙以外的地方。邓尼斯继而谈到,最近在距离丘西东北大约三英里远的一座被称作波吉奥·盖杰拉(Poggio Gajella)的小山上发现了一片巨大的墓地。他所描述的这座被挖掘出来的迷宫的主层结构图见图 14。

这里我们再次注意到这种“通道”图案,尽管它只是用来迷

（图 14）波吉奥·盖杰拉的迷宫陵墓。（邓尼斯）

惑闯入的陌生者，特别是那里昏暗的灯光，毫无疑问与传统的“迷宫”样式十分相似。不过令人不解的是，这种传统形式的迷宫在历史上却不为伊特鲁里亚人所知。无独有偶，在特拉戈里亚特拉发现的一只古瓶上也发现了这种类型的图案，关于这一发现，将在后文中提到。

当然，波塞纳的陵墓也有可能就建在这座迷宫上面的山上，但是关于这一点迄今我们并无太多证据。如果陵墓中果真包括一座迷宫，那么无疑，后者应该属于这种类型。

此外，邓尼斯还提到在伊特鲁里亚的其他几处与此类似的迷宫——比如，在沃尔泰拉（Volterra）附近的一处建筑，“用石头雕砌而成的一条长长的廊道，横向有六英尺宽，但高度仅有三英尺，因此你必须要俯身匍匐方能通过。其间廊道会不时拓宽变为屋室，但在高度上仍然不足以使你的身体直立起来，时而，这些看起来具有相似特征的通往不同方向的廊道又会在一处汇合起来，并且继续延伸下去，一直通向山洞的中心，没人知道它到底有多长。简言之，这是一处纯粹意义上的迷宫，廊道纵横交错，曲折蜿蜒，让人很快便会迷失其中。”

邓尼斯还提到位于托斯坎内拉（Toscanella）的圣彼得(San Pietro)的一处迷宫，“在距离市镇大约半英里远的 Madonna 山谷下面的乱石崖中，有一条长长的下水道似的通道，这条通道一直通到一间非常宽敞的呈不规则形状的石屋，它由两根巨大的石柱撑起顶棚，在墙壁后面还有一根粗劣的壁柱。”

“但是这座墓室的独特处就在于，它藏卧于一条用石头砌成的排水沟或曰通道中，其大小刚刚容得下一人俯身爬过，从一侧的墙壁内进入后，在绕过一段长长的弯路和各式各样的岔路后(现已用土封死)，出口在墓室对面的墙壁下。”

这些伊特鲁里亚的迷宫全都具有陵墓的特征，因此，它们很自然会令人想起罗马、巴黎以及那不勒斯的地下陵墓，然而，关于它们的名号，“labyrinth”一词却很少被使用。只有斯特雷波在提到纳夫普利亚(Nauplia)附近的一处地下陵墓时使用过这个词汇，他将其称作独眼巨人的迷宫(或译基克洛普斯迷宫)。在普林尼时代，这个词汇通常被用来表示沿着一个外形上带有复杂图案的标记延伸出来的一条弯路，但是与陵墓却并无必然联系。

在谈及克里特的迷宫时他说，“我们千万不能将这类迷宫比作

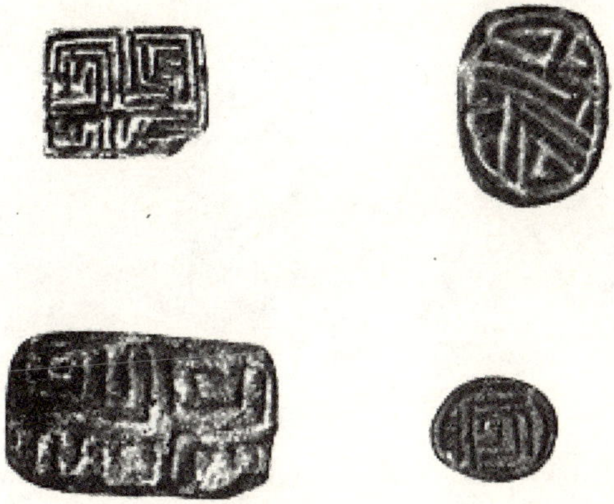

（图 15,16,17,18）埃及早期的印章和饰板。（大英博物馆）

下一章将提到的马赛克式镶嵌铺道(mosaic pavements,罗马建筑中用彩石镶嵌成华丽图案花纹的行道）以及以往在我们观念中的给小孩子们玩的那种拼图地板或者迷宫游戏。闭上眼睛想象一下,它的样子应该是一条非常狭窄的小路，我们可能沿着它一起走出很远，但是在脑海中必须能够勾勒出它的全貌：一座规模宏大的建筑,许许多多的门和长廊,进入者面对它们不知所措……”

这显示“labyrinth”这个词汇具有相当宽泛的意义。

长久以来,它被人们视为一种隐喻的代名词而被使用,我们甚至发现,早在公元前 4 世纪的时候,柏拉图就使用它来形容一场精心策划的辩论。我们还发现它被应用在其他许多方面,比如,古希腊诗人提奥克里图斯（Theocritus, 约公元前 310 年—公元前 240 年)就在其作品中用“捕鱼的圈套”来描绘一种图样的纹路。

尽管如此,但被古代学者用这个词汇来描述的建筑,仍旧少之又少,基本上我们在前面都已经提到。

第八章
古代艺术中的迷宫

回纹波形饰与其他原始艺术形式——印章艺术——克诺索斯硬币——克诺索斯图案中的“单行线”特征——庞培古城中的涂鸦——卡萨迷宫——罗马人的马赛克镶嵌画——埃皮达鲁斯的圆形建筑——梯林斯的迷宫建筑——希腊陶器——伊特鲁里亚古瓶——宝石与长袍上的迷宫图

古代艺术中的迷宫

一直以来,人们始终在思考一个问题:传统的迷宫形式最初是如何诞生的?早在基督时代前更久的时候,就出现了这种形式,而它的这种特征绵延了数千年历史。

克诺索斯的硬币为我们提供了足够多的实例,从这些实例中我们可以确定一点的是,早期的迷宫在形式上都是一种简单的回纹波形饰的重复,人们不禁猜想,这种类型的迷宫设计是否就是源自于波纹图饰的发展。在这种图饰与原始的“万字形”(fylfot)图饰及曾被纳粹党借用的十字图饰(swastika)之间存在的相似引起了人们的注意。但是,由最初一种简单、随意的回纹波形的组合(如图20所示)到后期有着紧凑结构形式的迷宫(如图30所示),其间经历了一段漫长的发展过程。采纳前一种图饰可能是受到米诺斯宫殿的一些壁画的启发,我们此前在第六章曾经提到过(图8),这些遗留在废墟中的古迹被后世的许多人目睹过。

没有任何证据显示,壁画上的这种复杂的回纹波形图案是现实中某种结构的迷宫在米诺斯宫的体现；它也可能就只是一种装饰性的符号，而没有任何象征意义。回纹波形设计在比克诺索斯宫更早的时候就已经被米诺斯人所使用，尽管图形结构比较简单，但在一些古老的宫殿中却时有发现，它们的形状或呈蛇形或呈方形，被印在从米诺斯的各处遗址出土的印章上。

类似的图案在同时代的埃及“纽扣印章”上也能见到——从第六王朝之后，亚瑟·埃文斯曾经表示，这些将可能证明迷宫在艺术上的来源。图15、16、17、18展示的是收藏在大英博物馆的具有这一特征的早期埃及印章和饰板。在参观弗林德斯·皮特里教授的收藏时，作者曾注意到一块滑石饰板，它与前面一章中的描述非常近似，但其图案却更加细腻、精致(图19)。

画上，迷宫图案被另一幅画覆盖住，设计者使用了常常被早期的埃及艺术家习惯采用的独特的“线性文字”风格，两个人面对面席地而坐。皮特里教授在孟斐斯(古埃及城市，废墟在今开罗以南)发现的这块饰板。他认为，它的历史大致可以追溯至公元前3000年左右，他还指出，当虚线终止，那么就意味着，你在到达中心之前，须避开五条错误的弯路。

(图19) 早期埃及的饰板或护身符。
(皮特里教授的收藏，伦敦大学)

在讨论这些印章和饰板上的图案过程中，亚瑟·埃文斯提到它们与同一时期的象形文字可能有关，它们实际上就是古代饰物中被广泛采用的一种简单的方形回纹波形饰。它们其中的一个(mer)是用来显示灌溉过的土地的标志。

而另一个(aha)则是代表曾被某个宫殿设计的一种更加精细图案的简化形式。其中还有一个图形与米诺斯人的一个符号极其相似。

图20所示的克诺索斯硬币来自于大不列颠博物馆,在它们的保管者——硬币与奖章部的授权下,他们提供作者石膏模型。当然,追溯起它们的具体年代,可能是在这座岛上出现过的任何文明,从相对晚期到米诺斯文明时期,抑或在希腊文明取代迈锡尼文明之前，它们的缔造者可能是曾经在米诺斯岛上取得过成功的任何民族。

图20、21和22显示的是大约从公元前500年至公元前430年间的银币。硬币的一面描绘着米诺陶的形象,而另一面则是一种对称的回纹波形饰图案,几乎不需要什么想象就能看出,画面上显示的就是传说中的那头怪兽居住的迷宫。

图23显示的是一枚相对较晚时期的银币,在它的正面印着一个女子的头像，她被推测应该是希腊神话中的两位女神得墨忒耳和珀尔塞福涅其中的一位，在硬币的另一面依旧是一座回纹波形饰的迷宫,所不同的是在其中心位置多了一颗星。

图24显示的也是一个相似的硬币正面,但在背面我们看到被一个简单的回纹波形饰图案圈住的公牛头。

图25中的硬币正面与图23类似，也是装饰着一个女性的头像,而其反面则是一个传统类型的方形迷宫图案。

图26显示的是一枚铜币，它的一面是太阳神阿波罗的头

（图 20 至 25）克诺索斯的硬币。（大英博物馆）

像，另一面是带有一颗星的一座迷宫。

这四枚硬币的制造年代都应介于公元前 430 年至公元前 350 年间。接下来的一幅图（图 27）在时间上要晚一些，硬币的正面上显示的是仙后赫拉的头像，背面的图案包括一座方形迷宫、一枚箭头、闪电以及一些希腊字母 KNΩΣIΩN。

（图 26 至 31）克诺索斯的硬币。（大英博物馆）

图 28 显示的是一枚大约于公元前 220 年制造的铜币，它的正面图像是欧罗巴骑在一头公牛背上，下面有两只海豚相伴，硬币的背面是一座方形迷宫，克诺索斯式的碑铭题字再次一目了然。余下的三枚银币年代上要晚 200 年，但也不会晚于公元前 67 年。

图 29 中，硬币的正面是雅典娜的头像，反面是一座很小的方形迷宫，旁边还有一只猫头鹰立于一个放倒的双耳酒罐上。

图 30 中，硬币正面是阿波罗的头像，反面是一个环形迷宫，但与传统的图案基本一致。

图 31 中显示的头像可能是米诺斯王或者宙斯。在硬币的反面是一个方形迷宫。这种迷宫图案在吕底亚、佛里吉亚和爱奥尼亚发现的硬币上也时常见到。

人们注意到，一旦这种迷宫图案被明确样式化，便会顺理成章地延续下去，不管它的结构是三角形还是圆形。从图形的周边开始，这条“小路”向内部延伸，但很快便出现拐角，然后继续与外墙平行推进，直到将近绕完整整一圈，然后向左或向右转返身反向行进，如此往复，直至最终到达视觉上的一个终端。这样，整个空间内的所有“外墙”之间都被横断开，整个系统井然有序，没有任何两个重合的空间，也不会形成任何多余的枝杈或回线。很显然，这种迷宫并没有“迷惑”之意；一个人仅需沿着一条路走下去，要么向里，要么向外，就一定能够顺利走出。

恰好有一座类似这样的迷宫在挖掘庞培古城时被发现（见图 32），在这座建筑中有一条长长的列柱走廊，每根柱子都被漆成深红色，据说它是卢克莱修（Lucretius，公元前 99 年—公元前

（图 32）庞培古城的涂鸦。（皇家保尔波尼科博物馆）

55 年，罗马哲学家、诗人）的府邸。在其墙壁和廊柱表面，被指甲或铁笔划过的痕迹清晰可见，显然这应是 2000 年前（庞培古城于公元 79 年在维苏威火山喷发中被毁）的一些游手好闲者所为，而且上面还留下“LABYRINTHUS. HIC HABITAT MINOTAURUS”的字样，这可能是留下字迹的家伙戏称自己是这里的主人。

另外的一座建筑，在镶嵌图案和画面内容上与克里特迷宫十分相似，它被称作“卡萨迷宫”或“迷宫之屋”。在那里发现的一幅马赛克镶嵌画，画上表现的是特修斯与米诺陶正在进行搏斗的情形，旁边还有一群受了惊吓的少女在观望。

罗马人在图案设计和马赛克式镶嵌铺道方面表现出很高的造诣，他们的大量作品一直保留至今。下面就是其中的一些。在一件被称作“pavimentum sectile”的作品中，包含有各种不同尺寸、形状和颜色的大理石碎片被安置在一个统一的框架中，在整体上形成了一幅装饰图案；另一件作品“pavimentum tessellatum”，也是由许多大理石碎片组成，它们只是颜色不同，在尺寸和形状上完全一致——都是统一的小方块；作品“pavimentum vermiculatum”，包含了许多碎小的彩色大理石片，它们在形状上都不规则，作者就是按照它们自然的形状和颜色来进行组合搭配，以表现自己要描绘的对象；而在“pavimentum scalpturatum”中，则采用了雕刻或嵌入的艺术方式。

在许多罗马人的镶嵌铺道中，都有十分形象的迷宫图案，在一些作品中，可以看到纪念特修斯击败米诺陶的内容，而取材于这位英雄的艺术创作，从来都不曾中断，地域上不仅遍布欧洲大陆，在英格兰也同样如此。

（图 33）萨尔茨堡的马赛克镶嵌画。（克罗泽）

图 33 是在奥地利的萨尔茨堡发现的一幅非常精美的马赛克镶嵌画，其长为 18 英尺，宽 15 英尺。画面的周边背景是迷宫图案，中心的图画是特修斯正准备给米诺陶致命一击的场景。在左边的一幅画上，我们能够看到特修斯和阿里阿德涅两人的双

手在祭坛的上方握在一起。

在上方的那幅嵌版上,特修斯似乎正要扶阿里阿德涅上岸,而从右边的画面上,我们能够看到一位郁郁寡欢的少女被情人所遗弃,据此我们推测画中地点应该是纳克索斯岛。

这种类型的迷宫在罗马人的一幅马赛克镶嵌铺道中也有体现,它在阿斯克河畔的卡利恩(Caerleon-on-Usk)的教堂墓地中被挖掘出来。由于保存得不好,它的画面已经被破坏,但仍旧可以看出这是一座迷宫,其图案与萨尔茨堡的马赛克镶嵌画十分相似,画面在两侧由一对瓶饰状卷轴展开。(见图 34)

另一件这种类型的迷宫作品于 1904 年在英格兰约克郡东部的哈普汉姆(Harpham)的田地中被挖掘出来,据说在北安普敦郡也发现了一件,但具体内容不详。1790 年,从法国马赛附近的艾克斯(Aix)出土了一幅马赛克式镶嵌铺道,其长为 18 英尺,宽为 12 英尺。画面描绘的是在特修斯与米诺陶之间格斗的情形,

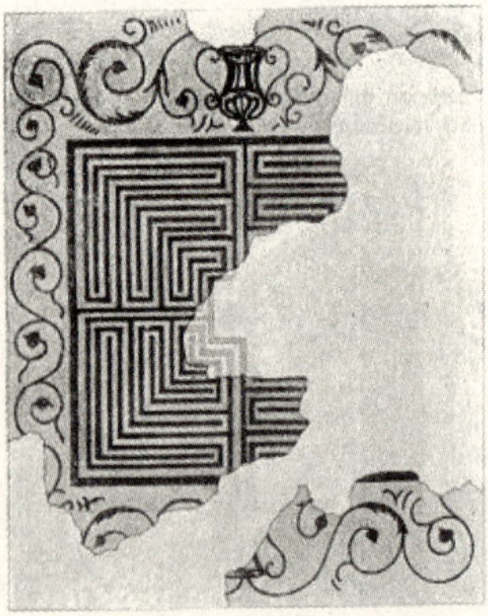

(图 34) 卡利恩的镶嵌画。
(O Morgan, in Proc. Mon. and Caerleon Ant. Ass´n, 1866)

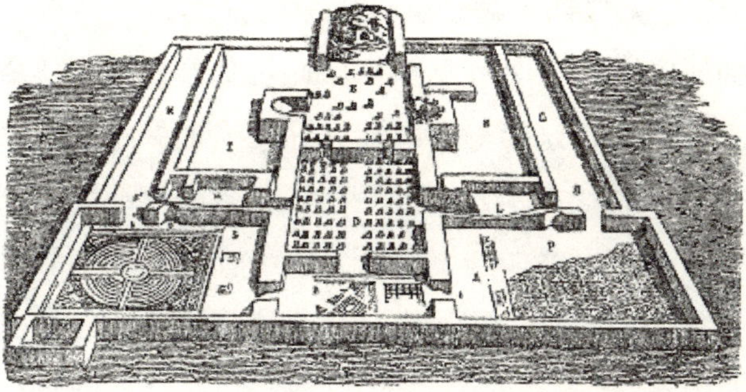

（图35）卢瓦尔·谢尔的罗马人浴室，展示出一幅迷宫镶嵌画。（科蒙）

画面外是一个方框，方框内部的镶嵌画图案为相互交织的复杂的回纹波形饰，以代表迷宫。在图35中，是从科蒙（A. de Caumont）的著述《考古文丛》（*Abécédaire d'Archéologie*）中挑出的复制品，这是一幅典型的迷宫马赛克镶嵌铺道，画中表现的是卢瓦尔·谢尔（Loir-et-Cher）的罗马人的浴室。

图36是1830年在瑞士弗莱堡州的科莫罗得（Cormerod）发现的一幅马赛克镶嵌铺道。几年后在邻近的瓦特州古代奥比（Orbe）城的废墟下又发现了这样的一幅镶嵌铺道。大约在一个

（图36）瑞士科莫罗得的马赛克镶嵌画。（Mitt.Ant:Ges.Zurich,XVI）

多世纪前，在突尼斯苏萨(Susa)的一处古墓群中发现了一幅相当精美的罗马时代的马赛克迷宫。此后墓群被入侵的盗墓者所毁坏，幸运的是，这幅镶嵌画却完好无损地保存了下来（见图37）。整幅画长约十七英尺，宽十英尺，包含一座绘制精细的带有四条路径的迷宫，就如同上面提到的哈普汉姆和卡利恩的例子一样，画面的中心是米诺陶，从形态上看，明显是被打败的样子。

画面中，一条载人的小船正驶向迷宫，其代表的很可能是特修斯和他的同伴们。同时，这幅画上还留下“HIC INCLUSUS VITAM PERDIT”的字样。

与此类似的另外一幅保存完好的马赛克镶嵌画于1884年在意大利东南部港市布林迪西(Brindisi)被发现，后被放进该市的市政博物馆内。它长为17英尺，宽10.6英尺，画面上，在一个方形的迷宫内，特修斯正用手中的武器击打着米诺陶，那怪物此时已倒于特修斯的脚下。迷宫的周围生长着各种栖木，上面栖息着许多鸟儿，或者在暗指它们就是传说中被一代名匠代达罗斯

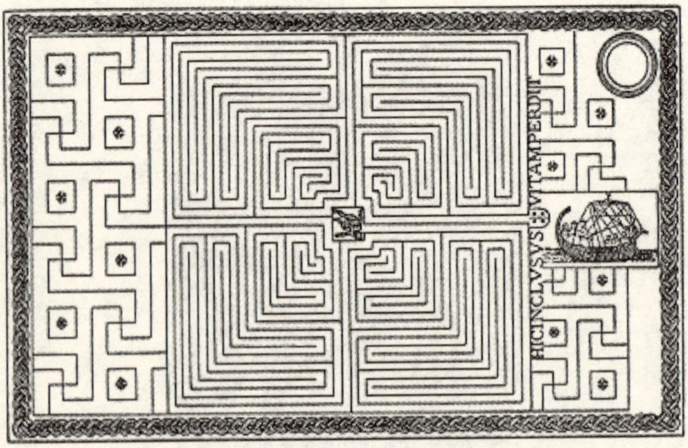

（图37）突尼斯苏萨的马赛克镶嵌画。（C.R. Acad. Inscriptions, Paris.）

发明的机械鸟吧！(如图 36)

当我们仔细观察其他的马赛克迷宫时，开始注意到一种常被教堂使用的符号。

除了那些克诺索斯钱币上的图案，希腊艺术中似乎并没有留下任何明确的对于迷宫的表现，尽管更晚时候才习惯使用这种概念的罗马人对其乐此不疲。

但是，我们不能忽视这种意见：在梯林斯和埃皮达鲁斯(Epidaurus,位于希腊伯罗奔尼萨斯半岛的一处古城遗址)的废墟中已经发现的一些建筑也应划归迷宫之列，这两座古城在古代希腊时被称为阿戈利得(Argolid),即用于举行宗教仪式的建筑。希腊考古协会的会长 P. Kabbadias 甚至提出,埃皮达鲁斯的神殿就是古代圆形建筑(tholos)的鼻祖。

1912 年，德国考古工作者在梯林斯再次挖掘出类似的圆形建筑,但仅凭这些就将他们定性为迷宫,还缺乏足够的说服力。但是另一方面，在希腊的陶器艺术中，也有许多是关于特修斯——米诺陶神话的主题,其中也包括大量的回纹波形饰,有时它们也被认为是迷宫的象征。

比如,在大英博物馆中收藏的“基里克斯陶杯”(kylix)。(见图 38)在它的画面上,就描绘出传说中特修斯的大部分事迹,一直到他的克诺索斯历险。任何熟悉这个传说的人,只要看一眼手持木棒的巨人佩里斐忒斯(Periphetes)、力大无比的“扳松人”西尼斯(Sinis)、大母猪 Krommyon、摔跤手 Kerkyon、用铁床来虐杀俘虏的强盗头子普罗克拉斯提斯(Procrustes),就立即能够判断出画面上的主角是特修斯。在这个陶杯的中心描绘着这位英雄在迷宫中的冒险经历。

故事中的另一个主角米诺陶也在另一个较小一点的陶杯中被描绘出来。(见图 39)

(图 38、39) 希腊展现特修斯的基里克斯陶杯。(大英博物馆)

在前面一章中，我们已经提到在特拉戈里亚特拉发现的一只伊特鲁里亚古瓶。这只古瓶的瓶面非常粗糙，且带有雕刻图案，图中有一座传统类型的圆形迷宫，还有几个骑马的人，看起来不是正在进攻特洛伊，就是在玩一种被叫作“Lusus Trojae”的特洛伊游戏。毫无疑问，这一位艺术家在用某种方式来竭力表现出这是一座迷宫，我们可以清楚地看到瓶面上被刻上“Truia”的字样。

此外，有时我们还可以从古代的宝石上发现雕刻出来的迷宫，马菲(P.A.Maffei)在其著述 *Gemme Antiche*(1707 年出版)中就提到了一个很好的范例(见图 40)。在这幅图上，米诺陶被表现为一个人首马身怪物。类似的表现方式还有在大英博物馆展出的一件意大利手工的 16 世纪的青铜饰板(见图 41)。

在讲述完这段关于古代艺术品上的迷宫图案之前，我们有必要提到一本古代的手稿，书中提到在罗马君主的长袍上装饰的一种图形符号。这本手稿被奥扎南(A. F. Ozanam)在佛罗伦萨的一个图书馆发现。书名叫作“Graphia Aurea Urbis Romae”，书中写道：

> Habeat et in diarodino laberinthum fabrefactum ex auro et margaritis, in quo sit Minotaurus, digitum ad os tenens exsmaragdo factus, quia sicut non valet quis laberinthum scrutare, ita non debet consilium dominatoris propalare.

意即：“在君主的长袍上有一座用黄金和珍珠装饰的迷宫，

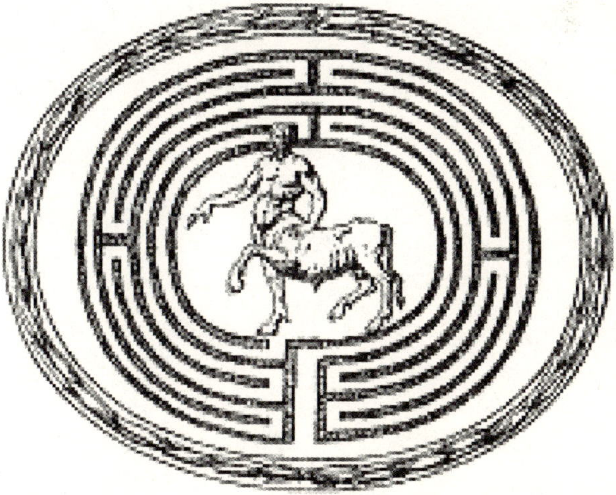

(图 40) 雕刻在古代宝石上的迷宫。(马菲)

(图 41) 意大利 18 世纪的青铜饰板。(大英博物馆)

里面是用翡翠制成的米诺陶，他嘴含自己的手指，意味着没人能够知道这座迷宫的秘密，也就是暗指没人能够洞悉这位君主的心思。”

第九章
教堂迷宫

阿尔及利亚:奥尔良维尔——意大利:卢卡,帕维亚,皮亚琴察,克里莫纳,罗马和拉文纳——法国:夏特尔,圣康坦,亚眠,兰斯,贝叶,桑斯,欧塞尔,阿拉斯,圣奥美尔,普瓦捷,沙隆,蓬拉贝,卡昂与艾克斯——近代:里尔,伊利,伯恩和奥克伯勒——教堂迷宫的意义——缺乏权威理论的支持

教堂迷宫

在上一章讨论了迷宫在罗马的马赛克镶嵌铺道中的装饰作用，根据这个话题，我们又发掘出一个非常有趣的课题，这就是本章要讨论的内容——教堂中的迷宫。

或许许多老人都知道这个例子，在阿尔及利亚的奥尔良维尔(Orléansville)有一座古代的长方形会堂，这座建筑的历史据说能追溯到公元四世纪。在这座教堂的西北口附近有一条镶嵌铺道，图案的轮廓如图42。它的直径大约有八英尺，与在哈普汉姆发现的罗马的镶嵌铺道和苏萨的墓地镶嵌画十分相像。在它的中心是两个单字“SANCTA ECLESIA”，其上附一篇塔罗文(jeu-de-lettres)，除了对角，从任何方向都可以阅读，阅读的顺序是从中心开始。由于使用了这些文字，这个迷宫便被人们想成是一处罗马的遗迹，而在罗马时代，教堂的创建者也常常在镶嵌铺道中使用迷宫这种装饰。但是，这种pavement-labyrinths，并不是都有中心图案或其他装饰，大小尺寸和结构也不尽相同，它们在法国和意大利的许多古老的教堂中都被发现。

（图 42）阿尔及利亚奥尔良维尔的教堂。（普雷沃斯特）

（图 43）卢卡教堂的迷宫。（杜兰德）

它们似乎主要都是在 12 世纪期间被建造起来的，尽管其中的一些已经被摧毁了，但还是有许多一直留存到今天。有一些被镶嵌到墙上，而不是铺在石路上，这种情况下比一般尺寸都要小一些。

整体上，在意大利教堂中的那些迷宫图案在尺寸上要比法国的小一些。在卢卡教堂墙上（见图 43）的那幅壁画中，直径只有 1 英尺多一点。从前它的中心画的是特修斯和米诺陶，但是由于一代一代人手指的摩擦，画面上的这些图案已经被抹掉了。“入口”的对面题着下面这样一段文字：

HIC QUEM CRETICUS EDIT DAEDALUS EST LABERINTHUS,

DE QUO NULLUS VADERE QUIVIT QUI FUIT INTUS,

NI THESEUS GRATIS ADRIANE STAMINE JUTUS.

一座中心同样是特修斯和米诺陶图案的小型迷宫，在帕维亚的圣蜜雪儿教堂的墙壁上被发现(图 44)。据说它建于公元十世纪时。壁画上的图案在同类中比较少见——米诺陶被描绘成人首兽身，事实上，它被看作是一种人首马身怪物。图案上同样有字“TESEUS INTRAVIT MONSTRUMQUE BIFORME NECAVIT”。

大约在同一时期，在皮亚琴察的圣萨维诺(San Savino)教堂也有着这样的“迷宫”。坎皮(P. M. Campi)于公元 903 年在其著

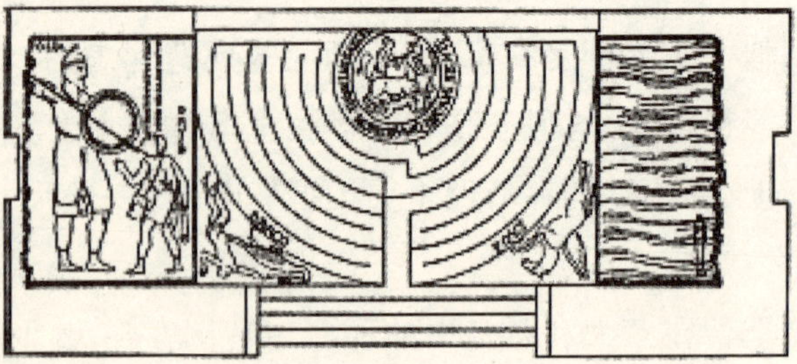

(图 44) 帕维亚圣蜜雪尔教堂的迷宫。(希亚姆皮尼)

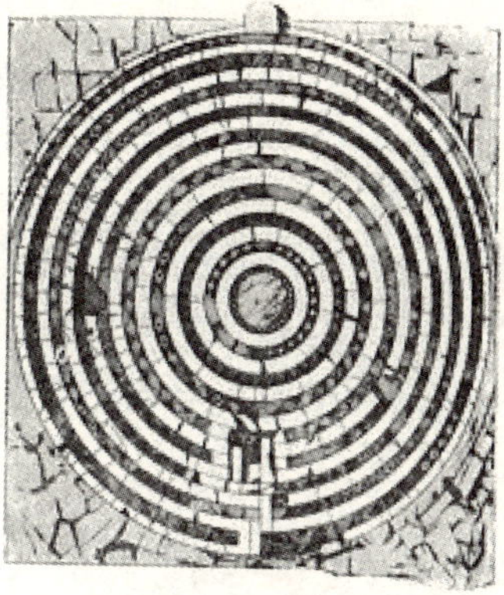

（图 45）罗马圣玛莉亚教堂的迷宫。（杜兰德）

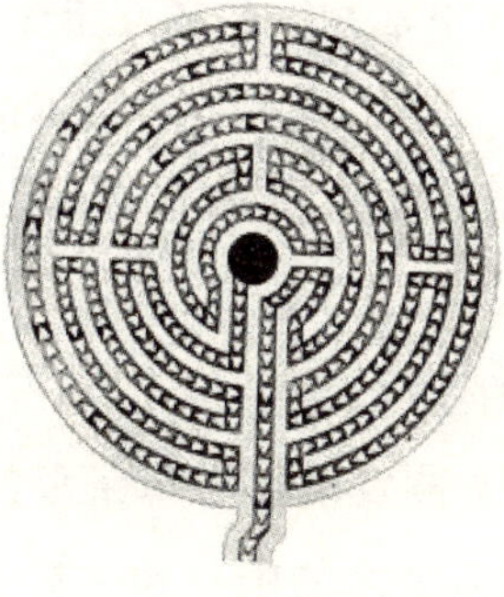

（图 46）拉文纳圣维塔莱教堂的迷宫。（杜兰德）

述《皮亚琴察教会史》(1651 年)中对它进行了描述。黄道十二宫图(Zodiac)的符号被放在它的旁边。在这幅图中被提到的传说还包括四个六步格(hexameters),在它的寓意中,迷宫就代表我们生活的这个世界,入口较为开阔,而出口相对狭窄,因此人们常常被这个世上的乐事所诱惑,而被自己的恶习所压抑,这样就只有与困难同行方能大彻大悟,修成正果。

HVNC MVNDVM TIPICE LABERINTHVS DENOTAT ISTE:

INTRANTI LARGUS, REDEUNTI SET NIMIS ARTVS

SIC MVNDO CAPTVS,VICIORVM MOLLE GRAVATVS

VIX VALET AD VITE DOCTRINAM QVISQVE REDIRE.

与帕维亚和皮亚琴察一样,克里莫纳大教堂也位于波河(the River Po)河岸,这里也有一处被毁坏的早期的马赛克镶嵌画——其创建年代可能是8世纪或9世纪,画面上纵横交错的图案明显是指克里特迷宫,两个相距很近的人物手持剑盾,正在打斗当中,右侧的那个人手拎一只兽头,且附上文字"CENTAVRVS"。

另一个大一些的图样,直径5英尺,在罗马的圣玛莉亚(Sta. Maria-in-Aquiro)教堂被发现。它由条形的斑岩和黄、绿两色的大理石组合而成,圆形盘面的中央是一块斑岩,这与卢卡教堂的图案有些相似。在同一座城市的另一座教堂——圣玛莉亚,有一幅镶嵌铺道是由各种不同颜色的大理石拼在地面上组合而成。它直径有11英尺,可能建于公元1190年(图45)。现在图案有一些破损,但最初时一定相当漂亮。内壁中包括一系列的同心环,从画面上看它有可能曾经被修补过,已经不是最初的图案;除非我们接受M.杜兰德的假设理论,他认为它们具有某种象征意义,即代表生者对亡灵升入天堂的不同程度的祝福。图46是另外一种古意大利的迷宫图案。它的直径将近11.5英尺,在拉文

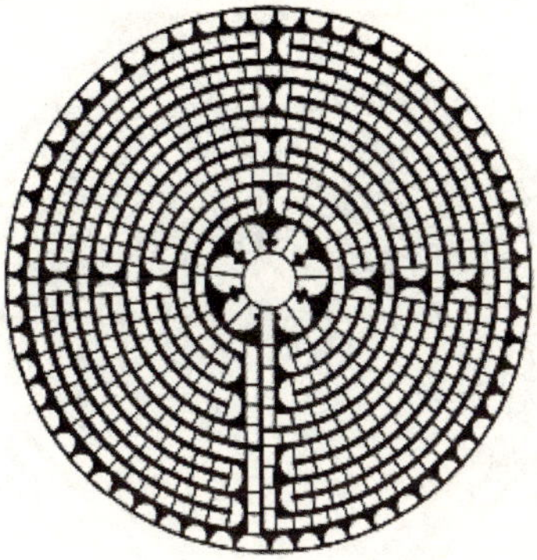

（图 47）夏特尔大教堂的迷宫。（Gailhabaud）

纳（Ravenna）的圣维塔莱（S.Vitale）教堂被发现。

这种类型的迷宫图案在中世纪时期的法国教堂被广泛使用，尽管其中有许多在大革命和其他年代被毁掉了，但仍旧有一些被完好地保留下来。它们的创建时间似乎比前面讲过的那些要晚一些。保留至今的最大的一幅存于夏特尔大教堂（图 47）。它由蓝、白两色的石头组合而成，直径大约有四十英尺。法国诗人 Bouthrays 在他的作品《夏特尔的历史》（1624 年）中，在一段拉丁诗篇中对它进行了描述。在一本 9 世纪的法国手稿中，在卷首插画中我们能够看到一幅类似的迷宫图，画面的中心是长着一只滑稽小角的米诺陶，他双手贴膝，坐在王座上。

夏特尔教堂的迷宫从前叫作“La Lieue”，后来人们通常称它为“里格”（the league，长度单位，在英美约为三英里或三海里）。然而，在法国单位中，1 里格约等于 2282 码，这要远远超过任何现存的镶嵌铺道迷宫的长度，比如，在夏特尔（Chartres）的镶嵌

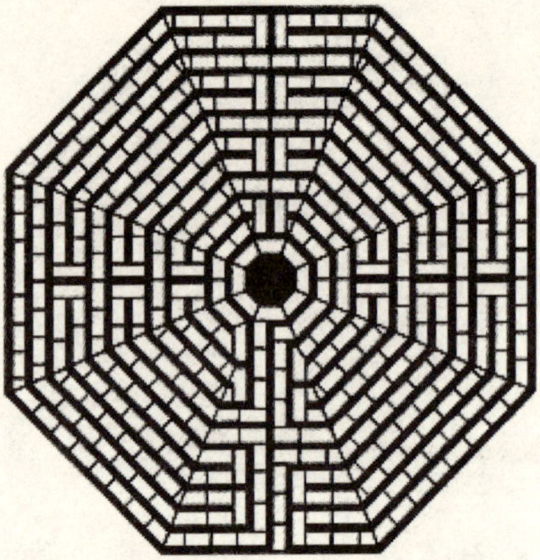

(图 48) 亚眠大教堂的迷宫。(Gailhabaud)

铺道长度,就只有约一百五十码。所以,人们对这个词汇的理解可能要从语源学上寻找答案,它与古代高卢人语言中的“leuca, leuga 或 leuva”看似存在着一定关系,其距离是 1500 步,即 4000 英尺左右。

还有些时候,这样的迷宫图案被称作“Chemin de Jérusalem”、“daedale”或“meandre”,这些词条并不需要解释。中心被称作“ciel”或“Jérusalem”。从前在亚眠大教堂中殿(即听众席)里的镶嵌铺道迷宫要比夏特尔教堂的大一些,直径有 42 英尺(图 48)。它建于 1288 年,毁于 1825 年。画面上它与圣康坦教堂门口的那幅画非常类似(图 49),但后者的直径只有 34.5 英尺。

兰斯大教堂(Rheims Cathedral)从前也有一幅这样设计精美的迷宫图(图 50)。它建于 1240 年,图案由蓝色的石头或大理石拼成。1779 年,某位大主教下令将其拆毁,缘由是他对孩子们和其他人在教堂中举行宗教仪式,走这条路时制造噪音感到很反

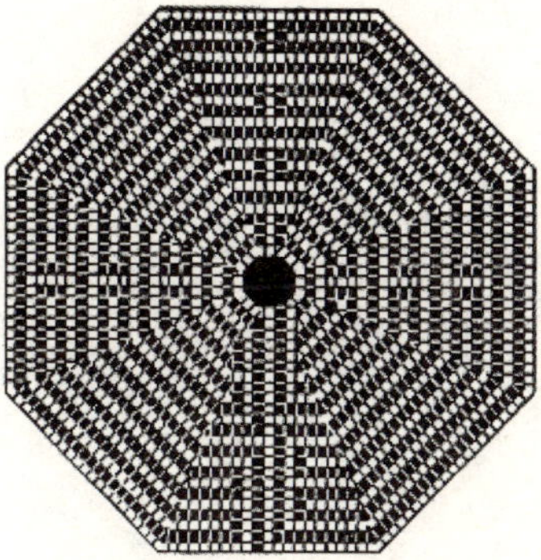

（图 49）圣康坦教堂的迷宫。（Gailhabaud）

（图 50）兰斯大教堂中的迷宫。（Gailhabaud）

感。

兰斯、夏特尔和亚眠大教堂的迷宫具有的一些共同特征引起了广泛争论，即在图案中心出现的一个或多个人物，被很多人相信就是创作这些迷宫图的建筑师。

亚眠大教堂的迷宫图被保存在亚眠博物馆中，这幅图由一块八角形的灰色大理石板制成（图 51），在中心有一座十字架，在十字架间的四个分区内分别描绘出四幅人像，其中的一位是

(图 51) 亚眠大教堂中迷宫的中心石盘。(Gailhabaud)

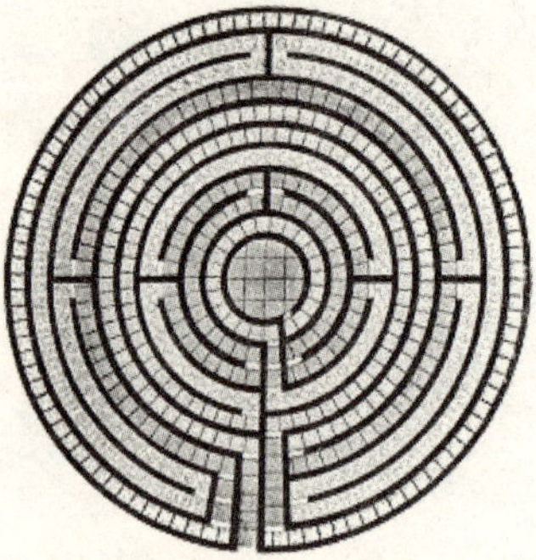

(图 52) 贝叶大教堂里的迷宫。(Amé)

伊瓦德主教(Bishop Evrard),另外三位为建筑师,这些人与四个天使一起构成画面的主角。同时还有一行长长的碑铭,内容与这座大教堂的创立有关。在贝叶大教堂的牧师会礼堂里,有一幅非常精美的迷宫图(图 52)。它对角线有 12 英尺,用盾牌、狮身鹫首兽和鸢尾花装饰的瓷砖圆环组合而成。桑斯大教堂过去也有一幅圆形的迷宫画(图 53),其直径有 30 英尺,图案四周用注铅

（图 53）桑斯大教堂的迷宫。（Gailhabaud）

的雕刻线条围成，但该画在 1769 年被毁。

在 1916 年 5 月 12 日《建筑者》（*The Builder*）的一幅插图中，有一段出版人公司的注解，上面讲到他们曾经收过一位旅行家寄来的在法国阿拉斯描绘的草图。文中写道，“他通知我们，这不是一道谜语，而是一幅在大教堂地下的迷宫的平面图。他在附近一个废墟中发现了印刷品，他在废墟中还依稀辨识出一座旧时的房子，那里看起来曾经是一座图书馆。”这幅草图中画的是一个八角形的图案，象征着圣康坦大教堂的迷宫，其中描绘的镶嵌铺道迷宫从前在现已被毁掉的大教堂中，但它并不是一套地下通道系统，这位来信者对这点十分肯定。它的直径大约有 34.5 英尺，材料由蓝、黄两色的小方块构成。

一幅非常显著的迷宫图（图 54）从前位于圣伯丁大教堂的铺石路上，这座教堂很久以来就是一处非常独特的废墟，它处在圣奥美尔小镇的低地。有关它的描述早在一个多世纪前就被埃曼纽尔·瓦莱特（Emmanuel Wallet）最先发表。我们的图案，主要

（图 54）圣奥美尔大教堂的迷宫。（Wallet）

就是按照他当年的记录绘制而成，与之前的其他作者稍有不同之处就在于——他们其中许多人说错了大教堂的位置，其应是位于城镇的高地部分，那里距圣伯丁还有一段距离。关于这座迷宫的大部分插图都是将画中的“通道”在一个点上交汇，而这种设置在通常的迷宫中是最不可能被采纳的。

这座迷宫显然与位于兰斯的迷宫一样，在同一时代因为相似的原因而被毁。在这座大教堂中，并没有铺石路迷宫，尽管它可能从前有过。但在中殿（即听众席）最西侧的地面上，有一块非常古怪的雕刻石板，值得一提的是，它象征着一种叫做“chemin de Jérusalem”的迷宫类型，尽管这种类型实际中并不常见。它的表现形式是，在一个巨大圆环的周围，描绘出高山、河流、城镇、道路以及动物，此外还有一行字母“IhERVSALEM”，同时圆环的内部被水准分成三个空间，每一块空间内都画有不同的物体，但由于磨损已经无法识别。而被瓦莱特描绘的这块厚石板也被磨损得非常厉害，可能现在已经被更换掉了。

（图 55）普瓦捷大教堂的迷宫。（奥贝尔）

从前在普瓦捷大教堂曾经发现一种非常奇怪的迷宫。它在很久前就被毁坏了，但是在此后的一段时间内，在它北面走廊的一面墙上仍留存着这幅迷宫的略图（图 55），尽管如此，我们依然无法判断它最初的尺寸。你会发现，走在这座建筑中，你可以顺着它的通道最终走出来——正如《鲁拜集》（古波斯诗人莪默·伽亚谟所作的每节四行的长诗）中的诗人所说，穿过你来时的那道门；在你面前永无“终点”，但你可能在经过无数次的尝试后

（图 56）沙隆万圣大教堂的瓷砖迷宫。

“松开锁套”。

在沙隆（Chêlons-sur-Marne）古代的万圣大教堂中，其在1544年被毁，有着大量的瓷砖，每一块上面都有一幅传统的克里特类型的小迷宫(图56)。这种带有迷宫的瓷砖铺道在非尼斯泰尔省(Finistère)的蓬拉贝(Pont l’Abbé)大教堂也被发现。

在卡昂的圣斯蒂芬大教堂的守卫门房的地板中，人们也发现了一幅镶嵌铺道迷宫。道森·特纳在他的作品《诺曼底之旅》(*Tour in Normandy*)中谈道:“地板是用瓷砖拼成,每一块都是边长将近五英寸的正方形,被烧制得几乎已经透明。其中八行瓷砖的摆放顺序是自东向西,被填之以不同的纹理,据说这里当年属于随同威廉大公入侵英格兰的家族成员。在行与行之间的隔段里填满了一种镶嵌式铺道,而中间的部分则是一座迷宫,直径大约有十英尺,其设计的巧妙之处在于,我们假设一个人沿着所有的回纹波形饰向前走,在他从一端到达另外一端前,他至少要走上一英里的路途。地板上残存的图案中镶嵌着各种不同颜色的小方块，它们被交替放置，形成的图案就如同国际象棋棋盘一样,其原因就是为了士兵在站岗的时候不至于感到疲劳。”这条镶嵌铺道被毁于1802年。

位于马赛附近的艾克斯的一座教堂也常常被提到其中的一条铺石迷宫，但这可能是由于它与前面提到的罗马镶嵌铺道过于相似所致。

在德国，唯一有记录且被保存至今的教堂迷宫的例子是在科隆的两座教堂,但它们也消失已久了。

（图 57）伊利大教堂的迷宫。（W.H.M.）

在中世纪的教堂中，这种装饰十分普遍。如果这种构思偶尔不被近代的建筑师们所使用，以重现那些古老建筑的风貌，那才叫令人惊讶呢！事实上，这已成为公认的评判一座建筑是否“经典”的重要指标。一个典型的近代例子，是在伊利大教堂中靠近西门的一条边长为 20 英尺的方形镶嵌铺道（图 57）。它是吉伯特在 1870 年在重建这座教堂时修建的。

至于这些古老教堂迷宫的功能和意义，学界有着各种不同的观点。有些专家认为，它们仅仅是作为一种令人迷惑、结构复杂的符号被引入进来，而这些符号也同样可以镶嵌在基督教堂当中。还有一些人认为，这些符号代表着陷入世俗常理的纠缠或者背离象征着基督教教规的直线道路。有一种断言常被人们提及，尽管并无明显的证据，称较大的铺石迷宫被用于表现小规模的朝圣活动，以替代从前刁难忏悔者的漫长而乏味的旅程。在第一次十字军东征期间，这更是成为一种通行的活动，忏悔者将自己族群中有罪过的人要么送去同异教徒搏斗，要么被送入这种圣墓。在十字军东征衰落以后，短途的朝圣行为逐渐被取代，人们通常选择前往一些圣地的神祠进行朝圣，比如劳列陶圣母(Our Lady of Loretto)，或者坎特伯雷的圣托马斯，很有可能，在一段时期内，人们的精神挣脱了十字军的束缚，教堂的权威也陷入一个低谷，于是，一种绕着迷宫的蜿蜒曲折的线路爬行的活动就成为这些朝圣者取而代之的一种"自我救赎"的行为。抑或许这种"苦修"是由于一些人身体虚弱或者别的特殊原因，不能进行长途跋涉的旅行才被采用。

当然，如果是那种画在墙壁上的迷宫，这种旅行就更不费吹灰之力了，你只需活动一下你的食指就行。

那么，这种活动是否曾经真的存在呢？大部分在过去的几个世纪中曾研究过教堂迷宫的学者对这一点都或多或少地表示认同，他们认为，不仅这种迷宫被用在这方面，而且事实上它们也正是因为这个用途才被设计的。

这种观点主要是根据J. B. F. Géruzez在他的著述《兰斯城纪事》(*Description of the City of Rheims*)(1817年)的一段论述，大意是说，从前被置于大教堂中的迷宫最初是一种"祭祀之物"，即作为耶路撒冷神庙中的一种符号，但是Géruzez并没有引用权威的论述来佐证自己的观点。此外还有一种说法，是基于在某些图案中出现的建筑师或创建者的画像，以此来说明迷宫是一种马赛克印章，意味着人们将那些在工艺方面达到或超过传统迷宫的建筑师们给予神的荣誉，以表达对他们的崇敬之情。也据说，在一些被称为"Chemins"的迷宫中，它们是用于游行的目的。

在里昂博物馆收藏的一块石碑的碑铭中，提到了迷宫在基督教徒中的这种象征用法：

HOC SPECVLO · SPECVLARE LEGENS · QVOD SIS MORITVRVS QVOD CINIS IMMOLVTVM QVOD VERMIBVS ESCA FVTVRVS SED TAMEN VT SEMPER VIVAS · MALE VIVERE VITA XPM QVESO ROGA · SIT VT IN XPO MEA VITA ME CAPVT APRIL · EX HOC RAPVIT LABERINTO PREBITVM · DOCEO VERSVM? FVNERA QN

TO: STEPHANVS · FECIT OC.

但是这一段碑铭是否真的曾经被附在一幅迷宫图中，我们却无从知晓。

（图 58）剑桥郡伯恩教堂的迷宫。（W.H.M.）

有一点非常奇怪,在所有中世纪的教会文学汇总,却找不到任何关于这些“教堂装饰”的用途或意义的解释;但这并不能证明今后从这些文献中无法获得突破,当然,这一时期的主流权威的作品看起来并不支援我们前面提到的任何理论。

值得注意的是,在已知的例子中,并没有出现过任何特别的基督教的象征,在所有早期基督教的碑铭、绘画和雕刻品中,以及在罗马和其他地区的陵墓中,都未曾出现过迷宫的图样。

在美国马塞诸塞州剑桥郡伯恩教堂城堡的地下，也有一幅迷宫图(图 58),它用黑、红两色的瓷砖拼成,中心是一眼圣井,遍布其中的阶梯成为路径之间间隔的界限。从迷宫的中心部分隐蔽在圣井之下的情况判断，很明显后者的位置是被精心设计的,在迷宫的图案上,至少从它所包括的瓷砖这一特征来看,这件作品的年代应该是属于相对近代时期。在伊利大教堂的近代迷宫我们在前面已经提过。在林肯郡的奥克伯勒也有这样一座迷宫,它被雕刻在教堂廊道的地面上,但这是这里的一个草坪迷宫的复制品——这个新出现的概念,将是下一章探讨的主题。

第十章

草坪迷宫

（一）

各地名称的种种——奥克伯勒的“朱莉安的闺房”——散见的民间传说——普敕姆的日记——布雷莫尔迷宫——传奇式的位置——拉特兰的迷宫——鲍顿·格林的牧羊族——其在文学作品中的反映——战争的牺牲品——瑞彭和阿桑比的迷宫——仙女的歌——草坪迷宫在英国各地的广泛分布

草坪迷宫(一)

我们在上一章提到的那种将迷宫图案植入教堂的传统似乎在英吉利海峡的另一边并不通用。但是,在英格兰有一种独特的适合这个国家的这种古老传统的延续,就其性质而言,可以视作与前者相同,这就是草坪迷宫(turf mazes),它们在英格兰的许多乡村都被发现,并且通常都有一个地区性很强的名字,比如“Mizmaze”、“朱莉安的闺房”、“特洛伊城”以及“牧羊人族”。

被保护得最好的一个例子在奥克伯勒(Alkborough)——一座在特伦特瀑布(Trent falls)东边的美丽村庄,乌斯河与特伦特河在此交汇形成恒伯河。在这里的小山顶有一座土石建筑,被称为“伯爵夫人的围地”(the Countess Close),人们猜测它是一处罗马营地的遗址,或者是古代 Aquis 的遗址。在小山边上是一处盆形洼地,在一片被修剪得约有六英寸高的草坪中,便隐没着一座被称作“朱莉安的闺房”的迷宫,它的直径约为四十英尺(图59)。

最近一些年来,这块草坪已被它的主人康斯特布林修整过多次，这也使得这幅被修剪出来的迷宫图案显出了与教堂廊道的铺石路上同样的图样。

(图 59) 奥克伯勒的草坪迷宫——"朱莉安的闺房"。
(选自 Rev. G. Yorke 提供的石版画)

在撒克逊人和诺曼人的时代,也就是大约公元 1080 至 1220 年期间,这附近曾经有一座规模较小的僧侣庄园。这处旧址现已成为剑桥郡麦格达伦学院(Magdalene College)的一处农庄。

曾经有一位记者在 1866 年写过一本名为《回想与质疑》(*Notes and Queries*)的书,书中专门介绍了奥克伯勒的这所"朱莉安的闺房",作者在书中写到,自己曾多次亲身体验过这种"跑进跑出"的游戏,对此印象颇为深刻,那是在六十年前,自己和其他同伴一道，亲眼目睹了当地的村民举行一种被称作"五月黄昏"(May-eve)的游戏,"人们在一种模糊不定的既看不到也摸不着,但又被他们深信与自己相伴而行的信念的指引下前行。"如果这段文字中的所指不是对远古时代的幻想的话，那么它则会唤起我们对自己童年时代的那段快乐时光的回忆。

关于“朱莉安的闺房”,约克郡的一位古文物研究者,亚伯拉罕·德·拉·普敕姆在 1671 至 1704 年间的日记中曾经有一段关于这座迷宫的描述。他提到,与之同期,在距布里格(Brigg)约六英里远的亚普雷拜(Appleby),也有一座被称作“特洛伊的围墙”的迷宫。他将此二者都比作古代罗马人的游戏,称“它们就是在山上圈地筑起的巨大迷宫,以方便观众环坐其中观看这项游戏。”

亚普雷拜迷宫紧邻一条经此穿过的罗马大路,只是这条路早就被荒弃了。

在汉普郡的一个风景优美的乡村布雷莫尔宅第(Breamore House),赫尔斯家族(Hulse family)庄园的一块土地上,也有着一片隐蔽的传奇式的草场,与奥克伯勒的草坪迷宫的图案极其相似。它也被认为是一座迷宫,包括一片 3 英尺宽的浓密草坪小径,其整体直径有 87 英尺,其中心的“圆点”直径有 18 英尺,隆起一个低矮的土墩。

在这条小路的每一个弯处都微微露出迷宫中心的一角,似乎在坚定旅行者继续前行的信心。当作者在 1920 年的 7 月到此走访时,这里的草势长得相当茂盛,原来的小路被掩在其中。

但是这处草场的主人定期会对它们进行修剪,所以小路从不会有被湮没的危险。由于这片草坪迷宫位于汉普郡伸入威尔特郡的一角,并且夹在索尔兹伯里(Salisbury)和克兰伯恩蔡斯(Cranborne Chase)之间,地广人稀,而且它建在一座小山顶,周围尽被浓密的灌木丛所环绕,再加之其四面群山林立,如果没有当地向导的话,陌生人很难发现它。

在一些有关它的参考文献中，对于这处草坪迷宫的具体位置，有着各种不同的观点，布雷莫尔、罗克伯恩、汉普郡以及威尔特郡的维克道恩山(Wickdown Hill)都被提及到。虽然它远离村庄，但从布雷莫尔出发，沿着福丁桥(Fordingbridge)通往索尔兹伯里的大路走，距离并不是很远。

从这座村庄步行走到布雷莫尔宅第，只有二十多分钟的路程，然后穿过一片风景优美的树丛，绕着这片庄园的圆形草场向迷宫慢慢靠近，也不过半个小时的轻松旅程。但须注意，在出发之前一定要找对方向，因为这条小路在穿过丛林后便会消失在一片草地中，而迷宫周围的灌木丛刚开始也很难进入，只在一侧有一条狭窄的豁口，但是千万不要走那里，因为那只会将你引向更加远离迷宫的方向。按照当地人的一种说法，从这条错误的小路你会从迷宫走到绞架山(Gallows Hill)，距离超过半英里远，然后再往回走，而另一条小路则是绕着迷宫行进。

关于这个迷宫，海伍德·萨姆纳(Heywood Sumner)绘制了一幅比较详尽的略图，威廉姆斯·弗里曼在他的《汉普郡田间考古》一书中对此有所提及。

在拉特兰郡的 Wing 附近，乌宾汉(Uppingham)东北的几英里处，有一处具有相似图案的迷宫(图 60)。它被维护得相当完好，当地的村民至今仍定期前往那里度假。在它的南面是一个平顶碗形坟冢，直径超过 70 英尺，高度有 4 英尺。在提到草坪迷宫与古代的各种土石艺术之间的联系时经常提到这个迷宫，这应该不是一种偶然，但我们目前尚无足够证据在它们之间建立一种必然联系。

（图 60）拉特兰郡的草坪迷宫。（W. J. Stocks 摄）

在拉特兰郡的另一座村庄 Lyddington，也有一座草坪迷宫。在 1907 年出版的《拉特兰郡杂志》(*Rutland Magazine*)中一位作者在谈到在东边能够俯瞰整个村庄的僧侣山(Priestly Hill)时写道，"在这座山的山坡上曾经有一处草坪迷宫，老人们告诉我们，他们的祖辈小的时候常常在那里玩耍。"但是，作者并没有详细说明这处迷宫的具体位置，也没有像特罗洛普在 1858 年出版的论文集中那样对此展开论述。无论如何，对于这个迷宫我们很难找到任何令人信服的证据。

在以上提到的草坪迷宫和一些法国的镶嵌铺道迷宫之间，存在着许多相似之处，比如夏特尔大教堂，就不能不被关注。

在北安普敦郡的鲍顿·格林(Boughton Green)，距离鲍顿村大约半英里、圣约翰教堂的废墟附近，直至最近，还保留着一种类似的草坪迷宫，其最里层是螺旋形的涡流图案(图 61)。其直径有 37 英尺，被称作"牧羊圈"(Shepherd Ring)或"牧羊族"

(Shepherd's Race)。它的“楼梯”从前带有明显的“六月里的三日集”的特征,它起源于爱德华三世(Edward III)在1353年颁布的一个宪章。

(图61) 北安普敦郡的鲍顿·格林的“牧羊族”迷宫。(特罗洛普)

在1849年出版的一本《北安普敦郡志》中,称这处草坪迷宫是一处被忽略的古代遗址。但是,在1860年出版的另一本书《华盛顿》(*The Washingtons*)中,有下面一段话:“他走过‘牧羊人的迷宫’的楼梯,那是一处复杂的螺旋形的草坪迷宫;他正在炫耀自己的技巧,如何迅捷而准确地把握弯路,而没有多走一步冤枉路,他甚至打赌要戴上眼罩走出这座迷宫。”

在另一部乔治·艾尔逊(George Elson)写的小说《攀岩男孩的历险记》中,也提到了这座迷宫,书中将它描述为“一个像仙境一样充满魔力的地方”——至于对这句评语的考证,那将是一件有趣的事情。不幸的是,这处著名的遗迹在战争中被士兵当作训练场给摧毁了;其内所有的通道都被打通,现今已完全领略不到它当年的风貌。

在约克郡的瑞彭·科蒙（Ripon Common），从前也有一处类似的迷宫图，但它在1827年被犁地时毁坏。同在约克郡，在阿桑比（Asenby）也有一座有着同样图案的迷宫，而且一直保留到近代。根据奥克罗夫特（A. H. Allcroft）在其作品《英格兰的土石艺术》（1908年）中的描述，这座迷宫在一座被称作"仙女山"的山丘顶部，已经遭到破坏，而且大部分村民对它都全然不知，尽管人们祖祖辈辈都生活在它的身旁，在夏夜里踏在它的肩上，趴在它的中央，倾听仙女们的吟唱。

尽管我们看到，约克郡和林肯郡的乡间关于这些迷宫的记载似乎比其他郡都要多，但并无确实的证据证明在现实中这些地方的迷宫数量比其他地方更多。究其原因，是由于爱德华·特罗洛普博士对这些地区迷宫的大量描述，正是他第一次对英格兰各地的这些古迹进行了系统的调查和研究，而他据此在1858年的《考古学期刊》（*Archaeological Journal*）上刊登的论文已经成为后世者研究这一问题的重要参考文献。

草坪迷宫从前曾十分普遍地散布于英格兰，除了我们已经描述的这些，在肯特郡和坎伯兰郡的乡村间也发现了许多草坪迷宫的遗迹。此外，在威尔士和苏格兰的各地也都流传着关于它们的各种记载和传说。

第十一章

草坪迷宫

（二）

温彻斯特迷宫——多塞特(郡)消失的迷宫:利·皮姆珀尔尼,多尔贾斯特,比尔·里基斯——奥布里关于维尔特郡和科茨沃尔德迷宫的记录——塞弗伦·沃尔登迷宫——康伯顿迷宫(The Comberton"Mazles")——希尔顿迷宫及其方尖塔——坎伯兰郡的"特洛伊城墙":巴罗(Burgh)与罗克利夫——诺丁汉迷宫:斯奈顿和克利夫顿——萨默顿的"特洛伊城"——关于吉尔福德、墨尔文斯和肯特郡的旧迷宫记载——"朱拉伯尔之家"(Julaber's Barrow)

草坪迷宫(二)

温彻斯特(英格兰南部城市)城外一两英里的地方,在奇尔库姆村的附近是圣凯萨琳山的圆形山基，在山顶有一个奇怪的米兹迷宫(Mizmaze),据旅行指南所载,这个迷宫的出现归功于温彻斯特的一个男孩,他假期的时候滞留在学校,为了打发时间修建了这个地景艺术品和温顿的 Dulce Domum。米兹迷宫的有趣之处不仅在于它的传奇来历还在于它显然曾经由某个完全不明白它的设计意图的人改建或再改建过。我们在它的平面图(图62)中可以看到,迷宫最初是由狭窄的沟渠而不是草皮小路所构成。

在我们找到的为数不多的几幅描绘这个迷宫的图画中可以看出,迷宫中的路径都是笔直的,而在我们这幅在现场所作的草图中，路径则是略带弯曲的。那些图画似乎就是迷宫的早期图样,但每幅图画中,迷宫都是由沟渠构成的,很难让人相信这就是迷宫的早期面貌。米兹迷宫在上个世纪中期已经几尽隐没,由温彻斯特的华登依照居住在附近的一位女士保留的迷宫设计图

(图 62) 米兹迷宫(Mizmaze),圣凯萨琳山,温彻斯特(W.H.M.)

而再建。很可能对迷宫设计图的误解就发生在这个时期。米兹迷宫的后面是一片松树林,1770 年由伯特图特爵士所种植。

直到一个世纪以前,在多塞特西北部还存在着一个草皮迷宫。1868 年《笔记与质疑》的一个撰稿人曾将它描述为环形,略有凹陷,直径约有 33 步,外面围绕一个大约 3 尺高的堤岸。他还说道:“很遗憾的是草皮都已经蔓过了原来的沟渠,以致很难看出迷宫的图案了。”

弗雷德里克爵士 1906 年在他的《多塞特的大道和小径》中说道,这个迷宫由“错综复杂的低矮堤岸和沟渠构成,村里的年轻少年,无疑是有少女的陪伴,经常会来这里漫步。”他声称迷宫建在一块绿地的高岗上,迷宫里的曲折小径现在已经无迹可寻,只有四周低矮的堤岸和沟渠还隐约可见。

在布兰德福德附近的皮姆坡恩,过去曾有一个设计独特的迷宫(图 63)。约翰·奥布里 1686 年写道,“假日里一些年轻人和

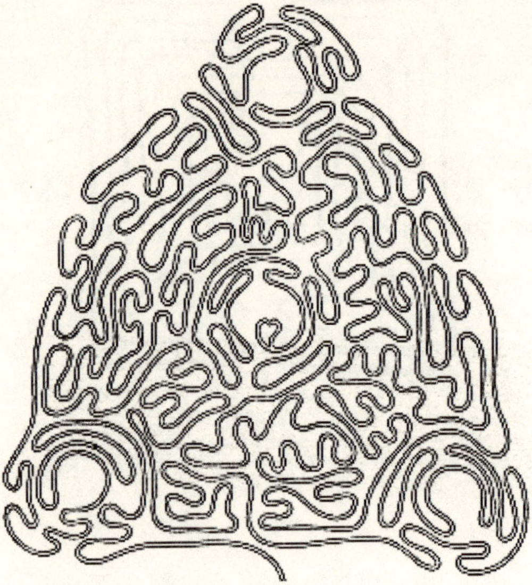

(图 63) 特洛伊镇，皮姆坡恩，多塞特。(哈钦森)

学校里的男孩子经常光顾那里。”迷宫里的小径由大约一尺高的土墙围成。迷宫在 1730 年被夷为耕地。这个郡里另外一个草皮迷宫的痕迹我们可以在“特洛伊镇”这个名字里发现，这是位于多尔贾斯特(英格兰南部城市，多塞特郡的首府)西北部三英里的一个地方的名字。据说在比尔里吉斯附近也有一个迷宫。奥布里提到在威尔特郡首府特罗布里奇附近的西阿什顿和科蒂斯沃德当斯(“多佛尔的竞赛”也在那里举行)也都曾存在过迷宫。他在《萨里博物和古物志》中也提过这两个迷宫，他曾引用十七世纪的诗人、剧作家汤玛斯·蓝道夫的“诗意的描写”来作总结。这段描写不过是对一个懒惰的牧羊人的谴责，这个牧羊人闲暇时爱在灌木丛下睡觉，而诗人认为他应该“吹笛子、唱歌或是敏捷地跳迷宫舞。”

这段话引自汤玛斯·蓝道夫的颂诗《赞罗伯特·多佛尔号召并再次举办科茨沃尔德山上的贵族集会》，这首诗收录在《Dubrensia 编年史》中，这本颂诗集收录了当时许多诗人的颂诗，里面提到了多佛尔上校在奇平坎普登附近的小山上举办的那个著名的每年一次的体育竞赛。其他诗人的作品中也提到了一些迷宫，像法兰西斯·伊兹德、尼古拉斯·威灵顿、威廉·贝拉和威廉·丹尼等等。本书卷首的一幅粗糙的插画就是引用他们的作品。

在萨佛隆沃尔登东面的艾塞克斯郡，也有一个迷宫（图64），它比一般的迷宫要大很多。一堵高高的土墙把它跟塞克斯提路隔开，这条路距离迷宫只有几码远。迷宫的四个环形区域和中心位置略高。迷宫除了环形区域外大约九十一英尺，对角线长度大约一百三十八英尺。

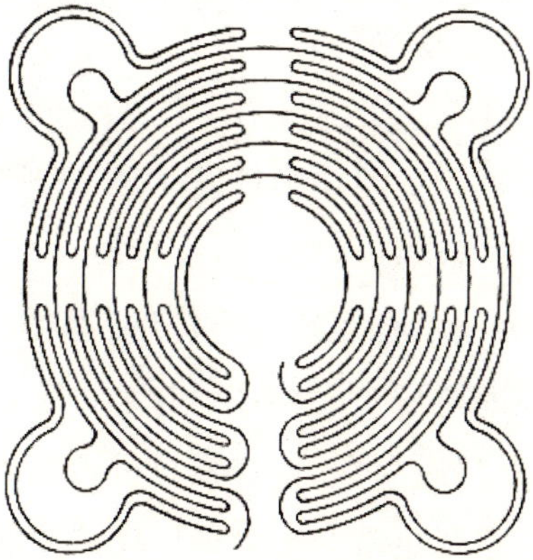

（图 64）草皮迷宫，萨佛隆沃尔登，艾塞克斯郡。（W.H.M.）

在随后的几个时期里，这个迷宫几乎被人们所遗忘而几尽隐没，幸而一些对迷宫感兴趣的人促成了它的修复。根据当地的记载，迷宫分别在1828、1841、1859、1887和1911年被重建。最后一次重建的时候，迷宫的下面都被垫上了砖头，为了便于以后修建。

跟温彻斯特的迷宫一样，这个迷宫的“小径”也由狭窄的浅沟而不是突出的草皮构成，这也给那个传说——它只是存在于东面的一个更大的迷宫的复制品提供了有力的证据。

在后来的十八世纪的一个手稿中写到，这个迷宫是镇里年轻人喜欢光顾的地方，与探索迷宫相关的，还有一套复杂的规则和赌注(成加仑的啤酒)。

据说迷宫的中心曾经有一棵巨大的灰树，在1823年的盖伊·福克斯之日(11月5日，在这一天人们举着盖伊·福克斯的木像在英国的各城镇游街并把它烧毁)被烧毁。几年前，一些在迷宫中心的土堆上玩耍的男孩发现了一枚罗马钱币。但是这并不能证明这个迷宫就是罗马人建造的。

卡姆登1789年的一幅迷宫画，名为“大不列颠”，展示了一系列的同心圆，最外面的两层则扩展成了“环形区域”。这幅图画不太可能是在现场所作。

在距离萨佛隆沃尔登大约二十英里，距离剑桥西面几英里的地方，有一个叫库姆博顿(剑桥郡)的小村庄。村里有一所学校的操场位于十字路口的一侧，而在操场的西南方，有一个铁围栏围住的草皮迷宫，这个迷宫的图案跟奥克伯罗的迷宫很相似。由于学校里的男孩子经常来这里玩，迷宫的草皮几乎已经磨光，但是构成迷宫的土墙在1921年3月拍摄的照片(图65)中还清晰可见。

现存的这个迷宫是那个距离此处只有几码远的迷宫的忠实翻版,据说那个旧迷宫在最初建立学校的时候,就在门外,妨碍了学校的入口。那个旧迷宫被称为"米尔斯"(Mazles)。过去村里

(图65) 米尔斯迷宫,库姆博顿,剑桥郡。(照片:W.M.H.)

(图66) 草皮迷宫,希尔顿,亨廷登郡。(W.M.H.)

曾经每三年举行一次盛会，正是在举行盛会的时候，迷宫被重建。顺便一提，库姆博顿跟博恩几乎相邻，那里的一个教堂钟楼前的空地上也有一个独特的路径迷宫。

在附近的亨廷登郡(英国英格兰原郡名)我们发现了又一个保存完好的迷宫(图 66)，它的图案奇特，位于散乱、偏僻但很迷人的希尔顿村的绿地一角。

草皮迷宫由于表面平坦、覆盖青草，所以很容易被人们忽视，除了那些刻意的寻访者。

而希尔顿村的这个迷宫更容易被人们所忽视，因为它不但接近大路，而且还下沉了几英寸，略低于周围的草皮。然而它却很容易被找到，只要人们记得它的中心有一个方尖石碑，碑尖上还有一个圆球。

这个石碑的北面，代表日晷，上面还刻有“A.B.hoc”的字样。石碑的南面刻有一个盾形徽章，徽章外面有一个圆形，上面刻着“Sic transit gloria mundi. Gulielmus Sparrow, Gen, natus ano. 1641. Aetatis sui 88 quando obiit, hos gyros formavit anno 1660”。石碑的东面则雕刻着“威廉·斯贝娄于 1729 年 8 月 25 日逝世，享年 88 岁。”石碑的西面只雕刻着“Dep. Hoc.”。我们的照片(图 67)展示了这个石碑，以及相机可以拍摄到的所有细节。值得注意的是，这个迷宫中的沟渠是纵深宽阔的。

这个迷宫之所以保存完好，正如半个世纪前一个作者所说，无疑是归功于鹅卵石铺成的小径。但是现在茂密的草皮下已经看不到鹅卵石的痕迹。迷宫的设计图案与奥克巴罗、库姆博顿等地的那些更加古老传统的图案相比，有一些很有趣的改变。最显

(图 67) 草皮迷宫,希尔顿,亨廷登郡。(照片:W.M.H.)

著的一点是,从外部到迷宫中心的路线基本是笔直的,迷宫的复杂之处在于那些始于中心又回到中心的那些小径。就这一点来看,希尔顿村的迷宫是绝无仅有的。

无论这个郡的草皮迷宫的最初目的是什么,但按照 1660 年建造的石碑上面所刻的文字来看,很明显,绝不是某种宗教目的。另外,考虑到在那个时期清教日益衰落,君主政体即将到来,我们认为这个 19 岁的年轻人的复杂设计的意图是乡村娱乐性质的。

图 68 展示的迷宫是过去索尔威湾(在英国苏格兰西南岸与英格兰西北岸之间)海岸附近的坎伯兰郡的洛克里夫湿地中的草皮上雕刻的。它占地 26×24 英尺,里面有 9 英寸宽的小径由 8 英寸宽的凹槽围成。它被人们称为“特洛伊城墙”。巴罗和洛克里夫的两个村庄相距大约 2.5 英里,伊甸河从湿地中穿过,有时会蔓延到这两个村庄。湿地中的某个地方被称为“威利的船”,因为

(图 68) 特洛伊城墙，洛克里夫湿地，坎伯兰郡（命名为费格斯）

早在 1816 年的时候，卡莱尔通往格拉斯哥的一条大路曾经过这里，一个叫威利的男子曾住这里，以身为带人们穿过湿地到达河对岸的浅滩的向导为生。

在这附近有一个迷宫，据说是 1815 年由一个名为克里斯多佛·格雷厄姆的男子所建。至于是格雷厄姆自己设计了这个迷宫，还是他仿照其他迷宫而建的不得而知，但是据我们所知，在这个迷宫的附近有一个比它稍小，但年代更加久远的迷宫。现在两个都已经消失了。我们图中展示的迷宫距离这里大约一英里，直到 1883 年仍然存在，虽然那时已经是杂草丛生。当地传说这个迷宫由罗伯特·爱德格所建，他是一名水手，在建造迷宫之后不久在海上溺水身亡。上面介绍的这三个迷宫的图案都十分相似。作者的一个朋友在 1920 年曾去探访迷宫，但是已经无迹可寻。

在诺丁汉（英国中北部郡名，该郡首府）的斯内顿的圣安妮井旁边的小山顶上,过去也有一个名为"罗宾汉的赛跑"或是"牧羊人的赛跑"的迷宫。这个迷宫的设计图案跟萨佛隆沃尔登的迷宫很相似,但是它的四个环形区域都装饰着徽章学中称为"十字架、小十字形和茴香"的图形。小径的总长度大约是五百三十五码。在1797年斯内顿的贵族席位被取消的时候,这个迷宫也被夷为耕地。诺丁汉的一位勇敢的印刷工人J.威格斯比,在随后的那个月里出版了一本纪念这个迷宫的小册子,六便士的平装本、八便士的彩图本,为我们保留了这个迷宫的设计图。

在此不远,距斯内顿大约四英里,位于诺丁汉的另一面的克利夫顿也存在过一个草皮迷宫。这个迷宫是方形的,设计图案跟图75的草木迷宫很相似。

牛津郡的班伯利附近的萨默顿,也有一个保存完好的"特洛伊镇"(图69),它的设计图案让人不由得想起图桑特修道院瓷

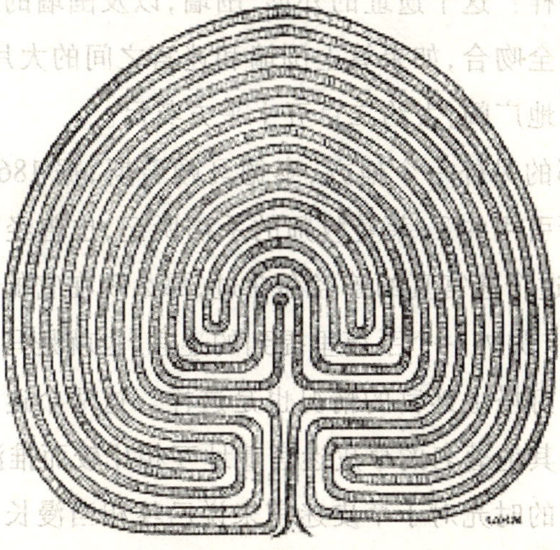

(图69) 特洛伊镇,萨默顿,牛津郡。(来自O.W.戈德温的草图)

砖上的迷宫图案。它建在一个农场的花园里,周围环绕着美丽的树林和灌木。我们的图画来自现在主人的兄弟,J·F·戈德温善意提供的草图。这个迷宫占地大约57×50平方英尺,草皮覆盖的小径,宽约一英尺,总长约四百码。

就在这个郡的边界处,靠近皮丁顿的地方,有一个高约四百英尺的小山,名为木斯威尔。在接近小山顶部的地方有一个方形的土木草皮工程,外面环绕着低矮围墙,名字是传统的“荒野”。当地传说它是一个罗马营地,但就结构来看,并没有罗马特色:目前关于它的来历和意义尚无令人满意的解释。现在提到的“荒野”这个词汇,在某个时期指的是一种园艺迷宫,而且也很有可能泛指所有类型的迷宫,这一点在后面的章节里会有介绍。

我们是否可以这样假设,这个神秘的建筑遗址是一个方形草皮迷宫的一部分,这个迷宫的图案很可能跟前面提到的克里夫顿迷宫一样?这个遗址的外形、围墙,以及围墙的轮廓都与我们的假设完全吻合,如果算上围墙和迷宫之间的大片边缘地带,这个遗址占地广阔,大约二百五十平方英尺。

牛津郡的另外一个地方,泰德马顿希斯,据1861年出版的郡县志里所引用的T·莱曼牧师的手稿所记,也曾经有一个草皮迷宫。如果这个迷宫真的曾经存在过,那么现在它的痕迹也已经完全消失了。另外一个手稿里提到的迷宫,也就是马尔文山上的赫里福郡的灯塔上迷宫的情况也是这样。这两个迷宫的情况我们是透过与其他著名的草皮迷宫遗址互相比较而推测的。

六十年的时光对于草皮迷宫来说已经相当漫长,足以让它彻底消失,如果它曾经存在过,尤其是还无人看管。所以如果我们无法找到它们的痕迹，尤其是那些没有围墙或沟渠的，也不足为奇。

过去在吉德福德附近也有一个“特洛伊镇”，修建在吉德福德和法恩汉之间的希尔伯里的草地上。至今吉德福德对面的圣玛撒山上还依稀可见的土墙痕迹，很可能就是那个迷宫的遗址。据说镇里的年轻男女过去在耶稣受难节(复活节前的星期五，被基督教徒视为耶稣受难节予以纪念)的时候常常来这里聚会，狂欢，但是这个习俗的起源却不得而知。另外一个萨里的迷宫遗址在普特尼西斯。然而，很遗憾的是在这个郡里找不到一处完整确切的迷宫遗址。

在肯特郡戈德默塞姆的奇尔汉姆的一片开阔的高地上有一个土方建筑，叫作朱拉伯古坟或朱里伯利古墓。这个建筑没有迷宫般的小径，但它的名字却跟“朱利安的凉亭”很相似。也许这种说法和与之相反的另一种说法——这个土堆是朱利斯·恺撒的一个护民官，奎恩·拉贝斯·杜罗斯(因此称为朱利·拉贝斯)的坟墓，他被大不列颠人所杀——同样有理由。

后面的说法是 1920 年 4 月 5 日《时代周刊》的一个投稿人提出的。而另外一个事实——也就是根据 1893 年《笔记和质疑》收到的一封信，直到那个时候，在沃默附近仍然可以找到“凉亭”或“特洛伊镇”的遗址——显示奇尔汉姆的建筑，如果是一个草皮迷宫的话，在这个郡里并不是独一无二的。

据说另外一个位于威斯特汉姆的迷宫，名为“特洛伊镇”，在那个郡尚可以找到。

关于奇尔汉姆的草皮迷宫遗址的观点我们可以从“凉亭之

地”这个名字中找到证据,这个名字指的是这个村庄北部的一个地区。我们还发现有一个名为“凉亭”的小村子就在此处西南方向几英里的地方。

在离顿斯特堡不远的贝德福德郡,一个开阔的高地上也有一个环形的土方建筑,被称为“少女的凉亭”。斯塔克利在讨论“朱利安的凉亭”时将这个建筑看成是一个草皮迷宫的遗址,对此也有一些证据。他还提到了在艾什威尔的另外一个类似的建筑。

特罗洛普博士宣称在戴温郡和苏格兰也有发现类似建筑的报告,但是却没有提供详情。

显然那个时期在草地上修建这类建筑的传统十分盛行,只是现在保留下来的遗址不多。我们发现即使在上个世纪,很多迷宫就已经消失了。我们希望这些得以保留下来的建筑能够得到足够的照管。

第十二章

草坪迷宫的起源

一个古老的威尔士习俗——“特洛伊”还是“转折”(Turnings)——特罗洛普博士关于草坪迷宫宗教起源的观点——威尔士画像——对于宗教起源说的批评——都铎王朝时代的“迷宫之劫”(Treading the Maze)——莎士比亚的论述——所罗门的魔力与迷宫——希腊神庙中的图案——文章中的迷宫——关于草坪迷宫罗马起源的争论

草坪迷宫的起源

1858年，特罗洛普博士出版了他的研究结果——W·H·毛恩塞上尉注意到了威尔士的历史书(*Drych y Prif Oesoedd*,1740年出版）中提到了一个曾经在威尔士的牧羊人中盛行的有趣习俗。

这个习俗就是在草地上刻出迷宫的图案，他们将这个称为Caerdroia(城墙),或者是citadel(特洛伊)。他还写道,在巴罗和洛克里夫的牧羊人中“今天仍然保留有刻画迷宫图案的习俗,他们也将这称为‘特洛伊的城墙’”。

他暂时得出了一个结论:这个名字“似乎起源于威尔士人的赛尔特语,因为Caerdroia(特洛伊城)和Caer y troiau(蜿蜒曲折的城市)很相似。另外一个相似的结论在1822年的*Transactions of the Cymmrodorion Society*中可以看到,作者Idrison认为草地上的图形,还有克诺索斯钱币上的图形,都代表古代星象学家观测到的太阳的运行轨道。

毛恩赛上尉很快就得到了特罗洛普博士的回应，特罗洛普博士提出在英格兰的很多地区都发现了这些图形，但是唯独在布列塔尼没有发现，而这个图形如果起源于古老的赛尔特语，那么至少我们应该会在那里发现它们的遗迹。

他还宣称迷宫最早被冠以“特洛伊镇”这个名字是在都铎时期，在那个时期任何奥妙的事物都很盛行，这个词汇不过是用来表示(与特洛伊的传说有关)在到达中心之前所要克服的种种困难。特罗洛普博士经过深思熟虑后得出的结论是，最初是一些牧师为了忏悔而修造的这些工程，这种观点保留至今。在他探讨迷宫的论文集中复制了一个圣安妮山上的迷宫草图，图中有两个身着长袍的人跪在地上，正在举行忏悔的巡游。

但是这个草图和特罗洛普博士的结论都仅仅是一种推测，我们无法找到与此相关的证据。

关于草坪迷宫的宗教起源的观点主要是与大陆上其他一些非常相似的教堂迷宫互相比较而得出的。这个观点的一个证据就是这些建筑经常出现在宗教性建筑的附近，而与此相反，我们也可以说它们同样也经常出现在罗马遗址的附近，并且许多古老的教堂都建造在罗马遗址之上。

P.罗伯茨在1815年出版的《坎伯兰民间遗物》中也提到了威尔士的习俗。他还提供了那种建筑的平面图——跟克诺索斯钱币上的图形十分相似，只是在入口的那侧相对平滑，他还表示了对此的不满，因为“在迷宫的里面基本不会迷路，所谓的通路规则地穿过所有完整的环形线路，这不太可能是发明者的设计初衷。”(见图70)

这个图形，他说道，是迷宫图案，有时在威尔士山上看管兽

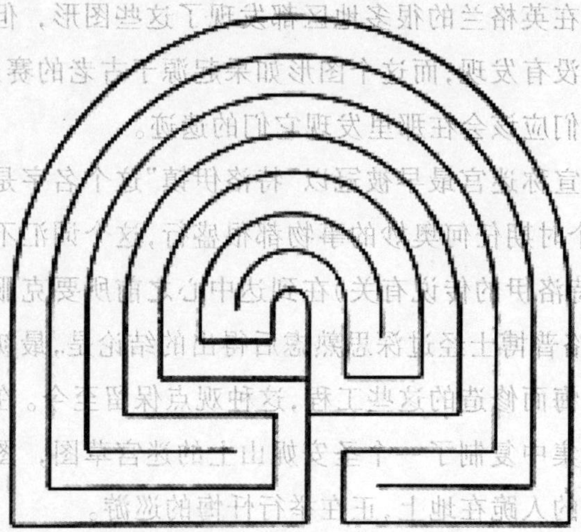

（图 70） “Caerdroia.”（命名为 P.罗伯茨）

群的牧羊人也会在草皮上刻出这样的图形，有时学校的男孩也会在同伴面前画出这样的图形来考验对方的机智：或者是让对方找出到达中心的通路，或者是让对方画出这样的图形。与这个图形相关的传统是，特洛伊城外面有 7 条环线，象征着护卫它的七座城墙，入口处十分错综复杂是为了防止敌人的进攻。

至于草皮迷宫是否如特罗洛普博士所言，由神职人员为了忏悔而建，我们缺乏足够的证据来支持这个观点。即使它们和那些路径迷宫确实是这样的作用，我们也缺乏足够的证据来证明这一点——无论怎样都很难证明它们是为此而建。

我们无法确认它们是否是在都铎时期被用于娱乐。莎士比亚的《仲夏夜之梦》（第二幕，第一场）中，泰坦尼娅（中世纪传说中仙女的王后，仙王奥伯龙的妻子）在奥伯龙嘲笑了她对特修斯的爱后，回答奥伯龙道："繁茂的绿地上的奇怪的迷宫，因为无人光顾而难以辨认。"

在《暴风雨》（第三幕，第三场）中年老的顾问公扎罗说道："我再也不能走了，我的老骨头疼痛，这简直是一个迷宫。穿过这些笔直和弯曲的小径依靠你的耐心，我现在必须要休息"。

在后来（第五幕，第一场）阿朗索也说过类似的话："这里十分奇怪，就像是一个迷宫。"这绝不仅仅是天然的因素构成的，很可能早在莎士比亚时代之前，草皮迷宫就存在了。这些图案与我们前面提到的欧洲大陆的一些教堂迷宫相似，它们很可能起源于后者，很可能是被建造于 12 世纪或是 13 世纪。而且一些图形还出现在宗教建筑的附近，也使得人们怀疑它们出自僧侣之手。然而我们并没有足够的证据证明迷宫传统源自宗教。

据曾专门研究远古和中古的炼金术士的 M.伯赛罗特所言，他们也曾使用过类似的图形。至少他在一个 11 世纪炼金术士的手稿，他称为圣马克的手稿中发现了一个迷宫图形很可能是宗教性质的，旁边还有一段希腊文的解说。然而他认为这个迷宫图形和解说词都是 14 或 15 世纪的时候加上去的。他将这个图形称为"所罗门的迷宫"。

所罗门这个名字最早与迷宫相关是在 1844 年。在那一年，法国著名的考古学家 M.迪照，在希腊旅行的时候参观了圣巴拉姆女修道院，这所修道院修建在一个巨大的峭壁之上，只有借助绳索才能到达那里。在客房的一面墙壁上他发现了一个红色的迷宫图形，与查提斯大教堂地面上的图形十分相似。M.迪照询问了这个图形的来历，被告知是"所罗门的监狱"，据说是很早以前一个和尚在一本书里发现了这个图形,并把它复制到了墙上。和尚死后,那本书也遗失了。据M.伯赛罗特的描述,“所罗门的监狱”跟“所罗门的迷宫”大致相同,但很可能这些相似的术语像“耶路撒冷的小径”和“朱利安的凉亭”一样,代表各种迷宫,而且风靡一时。

一个简单的“有间断的环形”迷宫图案曾被公扎罗·皮尔兹用作为徽章学的符号。公扎罗·皮尔兹在晚年时曾担任查尔斯五世和菲力浦二世的秘书,并在1566年翻译出版了荷马的《奥德赛》。迷宫以远景图出现,在中心同时还有好斗的米诺陶。在上面还有一句题词——In silentio et spe。

无疑欧洲大陆的徽章学可以给我们提供很多这类图形,但是在英国的徽章学中却几乎很难见到。比如,图71是艾姆伯恩大主教Bois-dofin de Laval使用的徽章。这里的题词是Fata viam invenient(命运终会到来),这也是英格兰的波克夏·范西塔特的格言。我们的图片是从17世纪的克劳德·帕拉丁的名为《徽章学中的符号》一书中复制而来。

这个图形象征着俗世里种种难以摆脱的诱惑,只有依靠阿里阿德涅神圣的线团才能得以解脱。

这个图形的设计图案很特别,但是也很可能仅仅是从扣环或者是“舒适的小猪”中演变而来的。

我们在两个例子里提到过,比如路径迷宫,它们可能是与教堂或者宗教有关。同时我们还知道,在英国草皮迷宫在伊莉莎白时期具有体育运动的性质,而在近期则很难找到它们被用于宗教或者忏悔的证据。鉴于在草皮迷宫将没有岔路和死路作为一

(图 71) 艾姆伯恩大主教的迷宫徽章。(取自 C.帕拉丁)

条原则,那么作为体育运动它就显得有点过于简单,除非我们想象参加者最初是被蒙上眼睛的,或者先喝足了一大杯酒,或者是一些其他的饮料。

让我们再来看一下普林尼的《自然历史》那一章,在那一章里，他说我们不能把埃及迷宫和我们在其他地区发现的那些有镶拼小径或者是为了孩子娱乐而在田野里建造的迷宫相提并论。这里斜体的字表示罗马人也建造了和我们的草皮迷宫类似的建筑。

我们可以推测，如果这个习俗真的像普林尼所说的那样普遍,那么也会传播到属于罗马殖民地的这些小岛上。

与此相关的一个观点就是在很久以前，罗马年轻人就已经开始流行特洛伊竞赛(Lusus Trojae)。维吉尔在他的史诗《埃涅伊德》的第五册中就提到了这项运动,而且还让人们注意到了这项运动里在马背上表演那部分所涉及到的曲折性与克里特迷宫(见第十八章)里面曲折小径的相似性。

由此可知,“特洛伊镇”和与之相关的游戏很可能就是从这个古老的竞赛演变而来,所以它们都可以说是罗马人侵占不列颠的遗存。

我们在介绍豪恩城堡迷宫时曾经提到过斯塔克利博士,他认为“朱利安凉亭”(Julian´s Bower)这个名字就是从埃涅阿斯的儿子——Iulus 的名字演变而来的,因为 Iulus 就曾经参加过这个竞赛。因此认为迷宫起源于罗马也不是没有道理的。

假设迷宫确实起源于罗马,那么就很难解释为什么在无任何人看管的情况下,本来经过几十年就会隐没的迷宫,却得以存留至今?

不列颠人可能在罗马人撤走以后为他们的后代保留过去统治者的游戏吗?而后来相继涌来的移民,盎格鲁撒克逊人、丹麦人和挪威人,难道会费力去保留这些异国的游戏吗?会不会是某个外来民族带来了这个习俗呢?

如果仅仅调查我们民族的历史记载,则很难找到这个问题的答案。事实上,近代的研究者们已经开始从更加广阔的层面来研究这个问题。在进一步探讨草皮迷宫的起源之前,有必要先追溯一下欧洲文明史,并从另一个视角来审视迷宫起源这个课题。

在此之前,我们先要回顾一段发展历程,它在考古学家眼中也许是一个无关痛痒的小线索,但读者也许会对此更加感兴趣,这就是大家所熟知的著名的汉普顿王宫里的迷宫。

第十三章

花床迷宫和低矮灌木迷宫

矮丛橱 (The Dwarf Box)——都铎与罗马的园艺者对矮丛橱的偏爱——德弗里斯的鲜花迷宫——一些离奇有趣的园艺典籍:帕金森、埃蒂安纳、希尔与劳森——伊斯利普和考莫林的设计——"玛丽女王的闺房"(Queen Mary´s Bower)

花床迷宫和低矮灌木迷宫

提起“maze”这个词,大多数人都会联想到一片郁郁葱葱的灌木,一条曲曲折折的小径蔓延其间,把人带向一个灌木亭或者其他类似的去处。但是正如我们前面所看到的,迷宫绝不仅仅限于园艺迷宫这种类型,园艺迷宫也绝不仅仅限于以青翠的树篱为隔墙。矮黄杨,虽然用来作为花床和小径的边缘最合适不过,但在园艺师的管弦乐队里它也只是一种“伴奏”的次要乐器。可是偶尔还是可以在一些乡村豪宅的庭院里那色彩斑斓的花坛的嘈杂合唱里看到它作为独唱者,展示着自己纤细的蔓藤花纹。

这是我们先辈那个时代园艺的一个重要特征,“结”(knots),的遗留。结由各式各样的草本植物或者低矮灌木构成,与其他类型的迷宫相比,其独特之处在于精雕细琢。伊莉莎白女王和詹姆士国王的草药医生约翰·帕金森,就曾歌颂过矮黄杨的重要作用。

在他的“天堂”(Paradisus)里,他曾这样说:“……黄杨,最后我要指出的是,我在众多的草本植物中首先向你推荐,它植株小，高度低，属于矮小的一类，也叫法国黄杨或荷兰黄杨。"他说，这种植物作为任何结的开端或花床的镶边都非常合适，而且还四季常青，如果种植得浓密，还可以很容易地随环境把它修剪成任何形状。另外，它生长缓慢，即使在很长的时间里也不会长高多少，仅仅是从根部向外生出很多小枝条，变得更加浓密而已。它也不像其他灌木那样需要太多的照料……"等等，在典型的迷宫建筑里。在帕金森的时代，将黄杨用作此类并不稀奇。

事实上，罗马人也用黄杨给小路和室内运动场(xystus)的门廊前面的小花园里的花床镶边。

然而在十六世纪，种植低矮灌木和草本植物并把它们栽培成各种图形繁复的狭长花床成为一种时尚。

自从出现迷宫图案后，有时使用的是种简单的，一笔画模式，然而使用更多的是非常精巧的迷宫图案。Jan Vredeman De Vries 曾于 1583 年在比利时的安特卫普出版了一本介绍各种园艺图案的有趣的书，名为 *Hortorum Viridariorumque Formae*。我们在几个图书馆里发现了这本书的副本。这本书介绍了许多奇妙非凡甚至可以说是稀奇古怪的园艺图案，其中包含了不下九种迷宫图案。

一些迷宫用的是描述性的或者类似古希腊字母的名称来标示，像"La Roue"，"Ionica"，"Corinthia"，等等。图 72，73 和 74 是几个这样的迷宫的复制图片。其他一些同时期的园艺或者建筑方面的书籍也都提到了或在插图中介绍了迷宫，但是在很多书中，我们甚至不清楚作者描述的是园艺迷宫还是我们刚刚提到的花床迷宫。

(图 72) 花床迷宫。(De Vries)

(图 73) 花床迷宫。(De Vries)

(图 74) 花床迷宫。(De Vries)

有些时候，如果种植了灌木床，那么我们就可以把园艺迷宫和树篱迷宫联系起来。在一本1573年出版的介绍位于Tivoli的埃斯特别墅的花园的书里，有一幅插图是一个名为Stefano Duperac的作者献给Catherine de Medici的，上面描绘了四种矩形迷宫，而且都是同一种图案。我们可以据此推测这四种矩形迷宫不太可能都是由高大的树篱构成的，很可能是由花床或者其他低矮黄杨构成。

都铎王朝时期园艺方面最著名也最广为引用的书籍之一就是汤玛斯·海尔或汤玛斯·希尔(Thomas Hill)于1563年出版的名为《最简要、愉快的技巧：如何着装、缝纫和设计花园》(*A moste Briefe and Pleasaunt Treatyse Teachynge How to Dress, Sowe and Set a Garden*)的作品。这本书具有一种迷人的魅力，尤其是早期黑色字体的版本。在后来的版本中，作者的名字改为“Didymus Mountaine”(Didymus就是Thomas，Mountaine就是Hill)，而且书名也变为“园艺师的迷宫”。

书中介绍了两种迷宫图形，见图75和76。在1579年的版本——“有益的园艺艺术”，它们被用作不同章节的名字，每个章节的开篇值得一看：“在这里(温和的读者)我顺便介绍两种迷宫来为用于娱乐的花园增色，一种在本章之前，一种在本章之后，如果你的花园里有足够的空间，那么就可以选择一种，最好来调剂花园中的空旷地带。留出这些空旷地带一般只有一个目的，就是为了让我们可以不时地在其间运动，而园艺师精心设计的迷宫则可以美化空旷地带，还可以在迷宫的四角放上各种水果，在迷宫的中心放上一个装饰有玫瑰花或其他类似迷迭香的美丽树

（图 75）草木迷宫。（汤玛斯·希尔 1579 年.）

（图 76）草木迷宫。（汤玛斯·希尔 1579 年）

种的草环，也可以放上其他水果，随园艺师的喜爱。”

在培根爵士的《论园艺》中也可以找到与迷宫有关的词语，但奇怪的是，他没有提到任何一种迷宫。他讨厌经过艺术修剪的灌木篱笆。“我，就个人来讲，”他说，“不喜欢刺柏或其他园艺灌木修剪出来的任何东西——这是为孩子们准备的。”显然他甚至认为迷宫不值得一提。

希尔的方形迷宫，中心换作了一棵树，出现在另外一本十七世纪十分流行的园艺书里，该书名为《新型花果园》，作者是威廉·劳森（第一章，第 623 页），出版于 1638 年、1648 年等等，由哲沃斯·马卡姆装订在《财富之路》。这是一个有趣的小出版物，跻身在像《难解之词》和《构筑人类体格的迷宫》（*Table of Hard Words, Mazes well framed a man's height*），劳森说（第十五章）："它会使你的朋友徘徊于浆果丛之中，直到必须有你的帮助才能脱身。"在"乡村主妇的花园"部分我们看到"有如此多的长凳、迷宫和结，男人可以获得如此种类繁多的乐趣以至于我离开了每一个主妇，不得不看报纸；以免我剥夺她全部的乐趣，让她尽可能少看到这些选择，新长凳，并且一般地对待这些，全部都是方形的。"

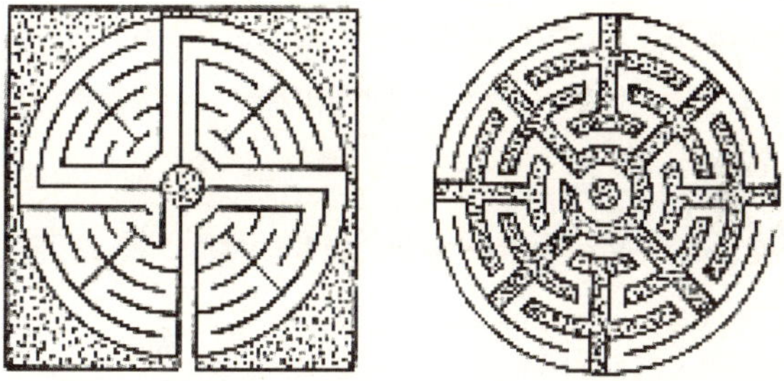

（图 77,78）十七世纪的手稿中的迷宫图案。（哈利 MS.）

我们希望那些有责任使"这些新选择"保持秩序的主妇们都有充分的属于自己的时间。

这两种迷宫出现在诸多的哈利手稿中的一本小书里，很可能是为花床迷宫而设计的。那本书囊括了 166 种花床、结等的草图，大概属于某个十七世纪的园艺师。

这些迷宫像大多数的早期形式一样，属于"一笔画"的类型；

也就是,它们只有一条小径,里面没有任何回路或岔路。看起来这些迷宫似乎是专为花床或其他某种低矮灌木(比如黄杨)而设计的。如果用高大的树篱围成,那么路径就深不可见,除非某人体型异常高大。对于参观者来说,这类迷宫鲜有乐趣可言,因为参观者除了沿路而行直到碰壁然后退回重走以外,别无他法。当然也有相当一部分的迷宫就是这样的。但是另一方面,正如我们从弗里斯的设计中所见,花床迷宫却不一定非得是"一笔画"的类型。

一笔画类型的迷宫通常是这样的,在所有的早期设计中,无论圆形还是方形的迷宫,都非常接近经典图案,但是在后来的设计中,为了避免单调、重复,人们做出了很多独创性的改进。最早的迷宫图案如图 79 所示,这个图案是从一本非常珍贵的书,《果园与花园》中复制来的,该书从法国和荷兰搜集资料,由亚当·伊斯里普在 1602 年出版。

斯特灵郡的 Menteith 湖旁的 Inchmahome 岛上的"玛丽女王

(图 79) 亚当·伊斯里普设计的迷宫图案,1602 年。

的藤架凉亭”的黄杨镶边的小路也许可以让我们窥见早期的低矮黄杨迷宫。民间流传说这个迷宫是为小时候住在那里的苏格兰的玛丽女王而建的。最初的迷宫图案，如果曾经存在过的话，也被那些遗物搜寻者由于某种原因而遗失了，多年来他们不断重建那个凉亭，致使它面目全非，以至于不得不在五六十年前被彻底复原。重建所用的黄杨，据说是从 Cardross 花园运来的，在 Cardross 花园人们用从原来凉亭那里剪来的枝条来培育出新的黄杨。这些黄杨现在已经长到了几英尺高，树荫也当然与不幸的玛丽女王那个时代的截然不同了。

迷宫里面有一条弯弯曲曲的小径，黄杨镶边，通向长着多刺树林的中心。迷宫呈椭圆形，直径大约三十码，外面环绕着木栅。近在眼前的一个方形的石墙就是通往玛丽女王的花园的大门，花园中心有一棵老黄杨树，据说是女王儿时亲手栽种的。另外一处可以算是苏格兰老式平台迷宫的遗址，是在斯特灵城堡附近，叫作“圆桌”或“国王的结”，自从十四世纪就广为人知。

还有一个位于 Chatsworth 的种满灌木的古堡也叫这个名字。在后面我们偶尔还会提到“树荫”这个词汇。提到树荫也自然把我们从花园迷宫带到了树篱迷宫。

第十四章

灌木迷宫或树篱迷宫

(一)

罗马人的绿篱工事——普林尼的“赛马场”——中世纪的模糊记载 (Dubious Mediaeval References)——罗莎蒙德小屋 (Rosamond's Bower)——早期的法国“迷宫”(Daedales)——荷尔拜因与丁托列多所绘的迷宫——杜·赛索的迷宫图——伊莉莎白女王时代的迷宫:西奥博尔德与哈特菲尔德——凡尔赛和法国的其他著名迷宫——一些德国人的设计——比利时、西班牙、意大利及荷兰的迷宫——威廉三世和他的园丁们

灌木迷宫或树篱迷宫(一)

修剪常青灌木这种艺术历史悠久，也许跟园艺历史一样悠久。罗马人曾大量雇用过灌木修剪者或树篱修剪者——西塞罗和其他作家都提到过这类工人，他们很可能也用修剪过的灌木或其他低矮树种为树篱迷宫的曲折小径镶边。

在普林尼的《博物学》(第十六册，第33章)曾提到人们砍断和修剪柏树作树篱或让它们蔓延生长成各种形状作为装饰。在书的第十五册中他告诉我们有一种叫作紫杉(taxa)的灌木也在园艺中用作装饰，从这里我们可以得出结论，紫杉是有意设计过的。然而就文中的描述来看，普林尼所说的植物更像是我们所说的金雀花。他还提到黄杨和一种月桂也适合作装饰。在普林尼年轻时期的一封书信中曾提到过类似树篱迷宫的地方，在那封信里他描述了自己位于意大利托斯卡纳区的别墅里的花园。他提到了一个跑马场(hippodromus)，就是一种竞技场，由许多经过细致修剪的树篱隔开的小路构成。

然而在其他古典作家的作品里却找不到任何关于这种树篱

迷宫的清楚描写。在中世纪僧侣的手稿中有许多人们认为很可能就是此类迷宫的描写。比如 Clairvaux 的修道院长亨利，比喻性地提到了迷宫，他说："无法看见清晰的通路，它隐藏在曲曲折折的岔路中，许多猛兽就潜伏在这诡秘的迷宫里。"但是也许他所指的正是那古老的克里特迷宫，而不是他那个年代的迷宫样的建筑。

一个更有震撼性的描写出现在 Lambert of Ardres 的《从公元 800 年到 1200 年》，Lambert of Ardres 生活在十二和十三世纪。他在提到一个为阿诺德子爵而修建的庞大建筑时这样写道：

"一个手艺精湛，堪比代达罗斯(希腊神话里著名的艺术家和发明家，是迷宫的建造者)的，名叫布林布格·路易士的木工被雇用来建造这所房子，他把这里建成了一个几乎找不到出口的迷宫，隐秘处又含隐秘处，房间又套房间，转弯处又见转弯。"

当然他的描述无法让人跟树篱迷宫联系起来，而是联想到一个设计精巧的建筑，很可能是一所巨大的木头房子，民间普遍流传说国王亨利二世就把他的情妇"美丽的罗莎"藏在一个位于伍德斯托克的迷宫里，也许可能正如一些持怀疑观点的历史学家们所认为的那样，这个传说不比中世纪的传奇小说家的故事具有更多的可靠性，但是至少从这个传说中，我们可以推断传说中所描述的迷宫，也许确实就存在于亨利那个时代，而且可能还可以追溯到更古老的时代。这个古老传说能够历代流传，我们就不应该完全忽略它，也将在后面的章节里具体讨论这个传说。

透过一本比利时的建筑书籍，我们得知十三世纪的时候迷宫传到了低地国家(指荷兰、比利时、卢森堡三个国家)，但是这个结论也只是从前面引用的兰伯特的《博物学》中得到的推断。

从前面的介绍中我们看到，在法国人们根据代达罗斯为米诺陶(希腊神话里半人半牛的怪物)建造“房子”的故事，将路径迷宫称为“代达罗斯”(dédales)或“代达罗斯的房子”(maisons de Dédalus)。十四、十五世纪由灌木构成的迷宫也被冠以同样的名称。据说十四世纪时，查理斯五世曾在巴黎的圣保罗大酒店的花园里建造了一个“代达罗斯的房子“(maison de Dédale)。

关于这点有趣的是法国安茹公国宫廷的一个命令，时间是1477年9月18日，它要求在这一天公国的每个子民支付12里弗给雷内国王在鲍格(Baugé)城堡的看护人。

意大利画家丁托列托的一幅风景画就描绘了一个十六世纪的迷宫，这幅风景画就陈列在女王在汉普顿王宫的私人房间里(No. 524 “787”)。在迷宫的中心有四位妇女围着一个圆桌而坐，她们的仆人侍立在旁。背景是迷宫和周围的娱乐场所所在的宫殿。

丁托列托早年的同代人，汉斯·豪宾，据说也曾画过这类迷宫。那个时代的许多迷宫都是由意大利建筑师 Serlio 设计建造的，图 80 展示的就是他设计的迷宫图案之一。

在接下来的十六世纪，我们则可在法国文艺复兴时期最伟大的建筑师之一，也是梅第奇·凯萨琳的建筑师，Androuet du Cerceau 的作品里找到大量关于灌木迷宫越来越受欢迎的证据。然而，我们不得不说，贺瑞斯·沃波尔在他的《论现代园艺》中的观点，其大意在 Du Cerceau 的作品里，几乎没有一个地面推算标绘图里没有圆形或者方形的迷宫，并没有从这些我们收集到

（图 80）J.Serlio 设计的迷宫。（十六世纪）

的出版物里得到证实。

Du Cerceau 的 Charleval 迷宫和 Gaillon 的卢昂大主教宫殿花园里的迷宫草图，以及最初极为粗糙的原始版本所需要的一些必要的修复——可以见图 81、82 和 83。

伊莉莎白时期最为著名的花园之一是 1560 年在赫特福德郡的西奥博尔德为伯利勋爵而修建的。当时曾有人将它描述为

（图 81）Charleval 的迷宫。（Du Cerceau 设计）

(图 82 和 83) Gaillon 的迷宫。(Du Cerceau 设计)

“四四方方,面积辽阔,所有的墙都用 Sillery 覆盖,在迷宫的中心还有一个美丽的喷泉。”在迷宫的中间还有一个小山,名为维纳斯山,“总之,它是世界上最美丽的地方之一。”据约翰·伊芙琳的论文集所载,房子、花园,在 1643 年 4 月 15 日,都“被叛乱者毁坏了”。

这个迷宫的设计可以见图 84。后来伯利的儿子索尔兹伯里伯爵,为了得到这个郡的另外一个贵族领地海特菲尔德庄园(Hatfield House),而把西奥博尔德转让给了詹姆士一世,至今海特菲尔德庄园仍归索尔兹伯里侯爵所有。

在海特菲尔德庄园的后面,今天仍然可以看到一个树篱迷宫的典范,它虽然是一个现代建筑,但很可能是在一个早期迷宫的基础上修建的。

我们的照片,图 85 就是在得到了主人善意的允许后从海特菲尔德庄园的屋顶上拍摄的。树篱全都是高大、浓密的紫杉,而且形状良好,树篱底部也没有任何稀疏散乱的枝条,因为如果树篱出现稀疏之处,就会让一些迷宫探访者有机可乘,那样不但会

(图 84) 西奥博尔德的迷宫,赫特福特郡。(特罗洛普设计)

(图 85)

给树篱造成损坏,而且即使重新修补后也会留下难看的痕迹。

迷宫长 174 英尺，宽 108 英尺，有两个入口（或者说是出口),分别位于迷宫的两端。

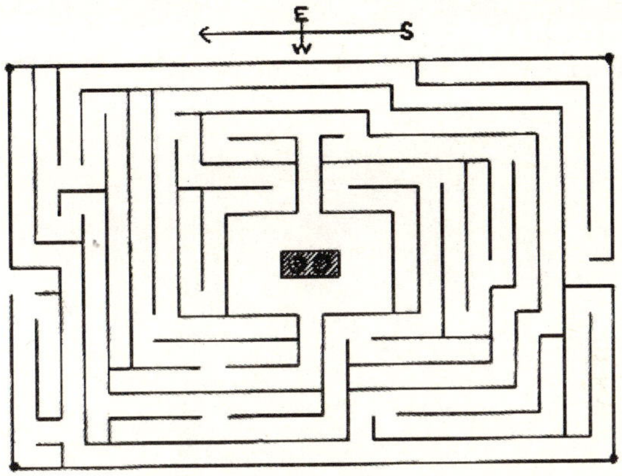

(图 86) 海特菲尔德庄园的迷宫,赫特福德郡设计图。(W.H.M.)

迷宫中心的水池多年前就已经被一片顶端修剪整齐的黄杨所取代。图 86 展示的就是这个迷宫的平面图。从迷宫那覆盖着修剪精巧的草皮的围墙,或是上面的花坛上看去,全部树篱尽收眼底,如果乐意的话,也许还会凑巧看到被迷宫困住的满脸迷惑的探访者。

我们这里介绍的树篱迷宫,小径由浓密一致的树篱构成,这仅仅是种类繁多的树篱迷宫中的一种。十七世纪晚期开始盛行另外一种树篱迷宫——浓密的灌木或者其他低矮树种来构成围墙,蛇纹石的小路蔓延其中。有时,也会在围墙中“插入”莱檬或角树,也就是说,先将它们的枝条修剪,然后扭曲编结在一起做成连绵的青翠围墙。

有时,也会在小径之间的间断处稀疏地种上些开花灌木或常青灌木。人们一般将这样的设计称作“荒野”。(值得一提的是,我们不能将“插入”与“编结”相混淆,“编结”指的仅仅是一般的修剪。)

实际上无论是哪种迷宫，人们为了调剂小径的枯燥和单调，都会在其中的一些地方摆放雕像、花瓶、长椅，或设置喷泉，或做

（图 87）凡尔赛迷宫。（Perrault）

（图 88）凡尔赛迷宫。寓言故事组："龟兔赛跑"。（Perrault）

些其他的装饰。这种做法在十七世纪后期 J.Hardouin-Mansart 为路易十四世在凡尔赛的小公园里建造那个著名的迷宫时达到了

(图 89) 凡尔赛迷宫。寓言故事组:“狐狸与乌鸦”。(Perrault)

(图 90) 凡尔赛迷宫。寓言故事组:“蛇与猪”。(Perrault)

奢华的顶峰。有一本书对这个迷宫作了描述，这本书非常珍贵，名为《凡尔赛迷宫》，C.Perrault 著，Sebastien le Clerc 插图，1677 年由巴黎皇家出版社出版。本书中的插图 87、88、89、90 就是摘自这本书，图中展示的是不同的迷宫设计，其中三十九组水中雕像中的三组讲述的是伊索寓言中的故事。

在迷宫入口处摆放着伊索和爱神丘比特的雕像，丘比特的一只手中还拿着一个线球。每组象征寓言故事里的人物的雕像都栩栩如生，而且还会有泉水喷出，这代表着他们的话语，每组人物的旁边还有一块刻花范本，上面或多或少地刻着诗人 de Benserade 的相关诗句。

本书复制了 le Clerc 分别象征“龟兔赛跑”，“狐狸与乌鸦”，“蛇与猪”的雕版画。

所有这些精美的喷水设施的水都透过 Swalm Renkin 在 1675 年到 1682 年间发明的一种奇妙的名为“玛丽的机器”的装置取自塞纳河。据说仅仅这一项的费用就相当于八百万英镑，需要 14 个水车驱动 253 个水泵，其中一些水泵在距离 3/4 英里的地方工作。这个迷宫在 1775 年被毁。

在凡尔赛迷宫的设计图里还包括一个泰晤士河上的亨里(Henley-on-Thames)的修道士公园的“表盘花园”，在这个花园里取代雕像群的是 39 个日晷，每个日晷上面都刻有名言或警句。这些设计很有新意。

凡尔赛迷宫仅仅是那个时代巴黎城内或附近几个著名迷宫之一。伊芙琳，自 1643 年开始在巴黎居住了许多年，曾评论过卢森堡公国公园里迷宫的黄杨树篱的设计和修剪，对 Tuileries 的很可能由 Du Cerceau(图 91)设计的“柏树迷宫”进行过评论。然而,在另一个关于 Tuileries 的迷宫的记载中,它被描述成完全是由弯曲的樱桃树构成。后来这个迷宫被彻底拆除了。

另外一个很有名的法国迷宫是 M·加百利在 Choisy-le-Roi(图 92)修建的。他是为 Le Nôtre 在 Chantilly 的花园而设计的,但是今天保留下来的只有公园里一块雕刻过的石头(图 93)。Sévigne 夫人在 1689 年 6 月 1 日的一封信中提到了在 Les Rochers 的一个迷宫,她的领地在布列塔尼半岛;我们在 1685 年 Sceaux 的一场为路易十四世和 Maintenon 夫人举办的宴会中也听说过一个。

(图 91)

(图 92) 位于 Choisy-le-Roi 的迷宫。(勃朗德尔)

（图 93）位于 Chantilly 的迷宫。（勃朗德尔）

在大多数的欧洲国家，十七世纪前以及十七世纪的时期，迷宫成为了一种时尚，而且我们可以确定在那个时期任何一本园艺书籍中都可以发现新的迷宫图案。图 94 和 95 就是 1651 年斯德哥尔摩（瑞典首都）的皇家园艺师安德烈·默里特在 *Le Jardin de Plaisir* 里的样本。图 96 到图 103 都是从 G.A.勃克勒于 1664 年出版的《奇妙的建筑新星》（*Architectura curiosa nova*）中摘选的非常具有独创性的迷宫图案，那本书里面还有大量的城堡图样和德国以及其他地方的豪宅图样。

其中之一（图 102）很可能是 Saffron Walden 的草皮迷宫，而另一个图案（图 98）则让人想起兰斯（法国东北部城市）的路径

（图 94 和 95）安德烈·默里特设计的迷宫，1651 年。

(图 96 和 97) G. A. Boeckler 设计的迷宫,1664 年。

迷宫。位于比利时的 Enghien,Arenburg 公爵曾招待过伏尔泰的城堡的花园里就有一个迷宫,里面还有"机械岛"和各式各样的园艺玩具。

在西班牙和其他的一些地方,树篱迷宫也很盛行。在塞维利亚的一个城堡宏伟的花园里仍然可以看到十六世纪为查理斯五世修建的迷宫,里面有平整的小径和喷泉。跟这个迷宫相连的是另一个被围在不规则的长方形围墙里的大体是六角形的树篱迷宫。

(图 98 和 99) G. A. Boeckler 设计的迷宫,1664 年。

在意大利，我们可以看到就连罗马教皇克莱门特十世自己也很喜欢看仆人们在他的 Altieri 花园那高高的黄杨树篱迷宫中挣扎。伊芙琳曾描述过 1646 年他在维琴察(意大利东北部城市)旅行时，探访 Ulmarini 子爵(或是 Vilmarini 子爵)在城外的花园时，他写道“这就像一个很难找到出口的迷宫”。

(图 100 和 101) G.A.勃克勒设计的迷宫，1664 年。

(图 102 和 103) G.A.勃克勒设计的迷宫，1664 年。

菲力浦·斯基普在描述自己 1663 年在维琴察的旅行时认为那些花园是 Valmarana 子爵的，他说“一个香桃木树篱迷宫”。斯基普还提到了慕尼克的巴伐利亚公爵的花园里的迷宫。荷兰的

(图 104）位于 Gunterstein 的迷宫，荷兰。（N. Visscher，1719 年）

(图 105）Gunterstein 花园平面图，建有迷宫。（N.Visscher，1719 年）

园艺师们更以迷宫(doolhof)为特色，最典型的例子是波特兰公爵在海牙(荷兰的中央政府所在地)附近的 Sorgvliet 城堡里的花园、Gunterstein 的花园（图 104 和图 105)、Loo 宫殿里的花园，以及威廉和玛丽在荷兰的宫殿里的花园(图 106)。

我们那些标有姓氏的插图摘自 W.哈里斯博士的《Loo 的国王宫殿和花园》(1699 年)一书。左边的是人们称为"荒野"的迷宫，它的结构跟最右边的相同，但是后者看起来不像是一个迷宫，而左边的那个虽然画得很粗糙，但显然是一个树篱迷宫。哈

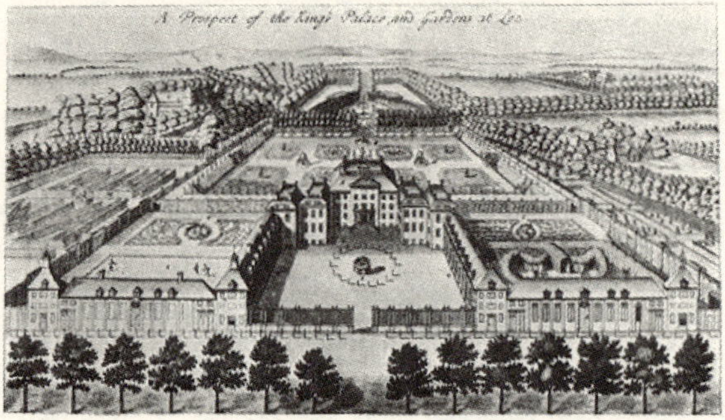

（图 106）位于 Loo 的花园，荷兰，建有迷宫。（W.哈里斯，1699 年）

里斯把“迷宫”和“荒野”这两个术语交换使用。他说国王的迷宫是由修剪过的树篱构成，里面有沙石铺成的小径，而王后的迷宫还装饰有喷泉和雕像。威廉三世非常喜爱这种装饰，他还把它运用到在英国的宫殿的地面上。他的园艺师乔治·伦敦和亨利·怀斯，为我们留下了一个虽然不是很复杂，但却是举世闻名且成为汉普顿宫殿花园一部分的“荒野”迷宫的典范。

第十五章

灌木迷宫或树篱迷宫

（二）

汉普顿宫：迷宫与小迷宫——同一时期的英国其他迷宫——巴蒂·兰利和斯蒂芬·斯威策——安哈尔特的寓言迷宫——温布顿迷宫——威斯敏斯特和南华克的迷宫

灌木迷宫或树篱迷宫(二)

汉普顿宫殿的迷宫(图 107)建于 1690 年,很可能是在另一个更加古老的沃尔西(英国大主教和政治家,1475 年—1530 年)时代的迷宫遗址上修建的。迷宫距离 Bushy 公园的入口很近。笛福(英国小说家,1659 年—1731 年,《鲁滨逊漂流记》的作者)称它是一个"迷宫",认为那是取代原来的宫殿果园的"荒野"的一部分。

这让人很迷惑,正如从图 109 我们可以看到,它的结构对称严格,但是非常令人疑惑不解的是,这除了给迷宫增添许多不必要的单调、乏味的错综复杂之外,几乎没有什么趣味可言。整个迷宫占地 1/4 英亩之多——虽然不是很大的面积,但是足够在迷宫里设置超过半英里长的小径了。迷宫的最长处达 222 英尺。这个迷宫的平面图有各式各样的版本,其中一些很不精确,以至于很容易让人产生误解。而我们的平面图是在现场画的,起码反映了现在(1922 年)迷宫中小径和树篱的布置。

几乎跟迷宫入口完全对立的另一端的大门通常都是关闭

的。这个门是为园艺师或迷宫维护人员直接到达迷宫的通路和“目的地”而准备的,有时可以让那些失去耐心的探访者快速脱身,但是如果一直开着这个门,那就破坏探访迷宫的乐趣了。迷宫的“目的地”摆放着两个长椅子,每个椅子都有枝繁叶茂的大树遮阳。

(图 107)汉普顿王宫的迷宫。(照片:G.F.格林)

树篱最初都是角树的,但是就像大多数这样的迷宫,角树树篱的某些地方不时就会需要更新, 所以这种树并不是构成迷宫的最好材料。结果,正如照片中显示的,人们开始使用女贞、角树、紫杉、冬青、山楂和枫树一起来构成树篱。然而令人产生疑问的是,这种驳杂的树篱会不会因为缺少一致性,而让众多迷宫探访者有所不适。事实显示,迷宫仍旧跟从前一样深受喜爱,而且在财政年度 1919 年—1920 年间给国家带来了 775 英镑的收益,这个数字超过了财政办公室的 325 英镑的估计。

希望可以永远这样下去!这对“趾高气昂的”园艺业来说也许不是好消息,但是对于许多天真的人来说,却是一个无尽的快乐之源。那些不希望看到“灌木修剪玩具”永存于世的人们应该

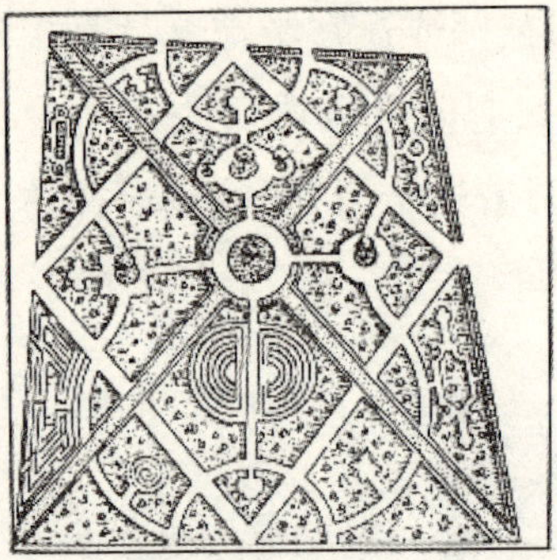

(图 108) 汉普顿王宫。“荒野”和迷宫,平面特洛伊,十八世纪。
(J. Rocque 雕刻, 1736 年.)

(图 109) 小迷宫(照片: G.F.格林)

在一个阳光明媚的假日来到汉普顿王宫里的迷宫，在这里花上一两个小时看看迷宫给无数的孩子带来的快乐，更不用说那些也在这里流下汗水的大人们了。

圆形的特洛伊城或“平面特洛伊”,由高高的墙树组成,它原来曾跟现有的迷宫(见图 108)共存,在很久以前就被现在已经沉没的假山取代了。特洛伊城里的小径极尽蜿蜒曲折,因此造访者把它称为“小迷宫”(图 109)。还有一个跟它有类似名称的灌木修剪树篱——“特洛伊之围”，是 Kensington 宫殿里深得威廉喜爱的园艺装饰。据说它也是翠绿的军事防御工事的典型代表，修剪过的紫杉、斑驳的冬青被“训练”(据沃波尔所言)“去模仿直线、角度、堡垒、悬崖和一般的防御工事的战壕”。

图 110 是一个非常令人好奇的有三个弯曲之处的迷宫，这个迷宫据《不列颠百科大全书》所载，是伦敦和怀斯修建的，当然它也出现在了 1706 年出版的《孤独的园艺师》一书中(这本书后来由约瑟夫·卡彭特再版，名为《离群索居的园艺师》)，这本书主要是从之前的法国 Auxerre 的路易士·莱格所著的《孤独的园艺师》(*Le Jardinier Solitaire*)翻译过来的，在那本书中也有这个图案。那个时期的许多其他园艺作家也都引用过这个图案。

“迷宫”，文中写道，“是一处被角树分隔成具有许多弯曲线路的地带……最有价值的迷宫就是那种弯曲线路最多的，像凡尔赛迷宫，所有见过它的人都会深深地爱上它那独具匠心的设计”(chacun à son goût!)。“构成迷宫的围墙，应该有十、十二，或

(图 110) L.莱格设计的迷宫。

者是十五英尺高;有些才刚刚达到人们可以斜靠的高度,那不是最好的围墙。迷宫的围墙应该是环形的,构成围墙的角树也应该是经过精心修剪的,呈半月形。”

像凡尔赛迷宫那样曲折复杂的迷宫,读者会感受到它的独特魅力。这种迷宫在那个时代非常盛行,这一点可以在一些书

(图 111) 贝蒂·兰利设计的迷宫。(来自《园艺新观念》,1728 年)

(像贝蒂·兰利的书,我们复制了几个他设计的图案,见图 111)中找到大量那种设计图案而得到证明。

而典型的“石块”(block)迷宫当属牛津神学院(Trinity College)里的迷宫,它的全貌可以在十八世纪 W·威廉斯的雕版画 *Oxonia depicta*,(图 112)中看到。这个迷宫在 1813 年遭到了毁坏。同样的设计在其他几个乡间别墅的雕版画中也可以见到,比如 1724 年 J·基普的《大不列颠图解》(*Britannia Illustrata*)中的 Belvoir 城堡、Boughton 和 Exton 庄园的乡间别墅的雕版画。在这本书里还出现了我们更为常见的迷宫,如巴德明顿和 Wrest 庄

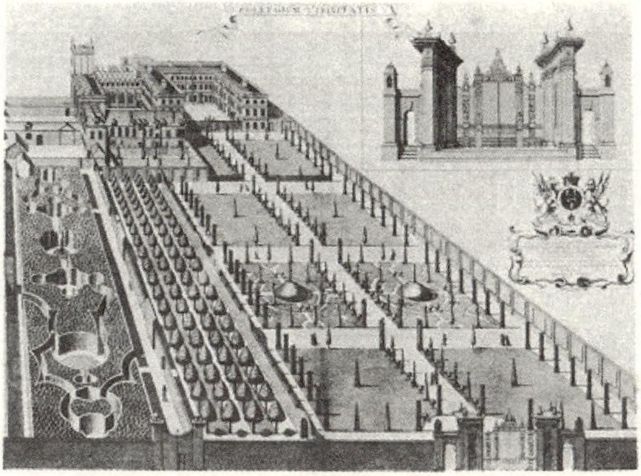

（图 112）神学院的花园，牛津，迷宫。（W.威廉斯，1732 年）

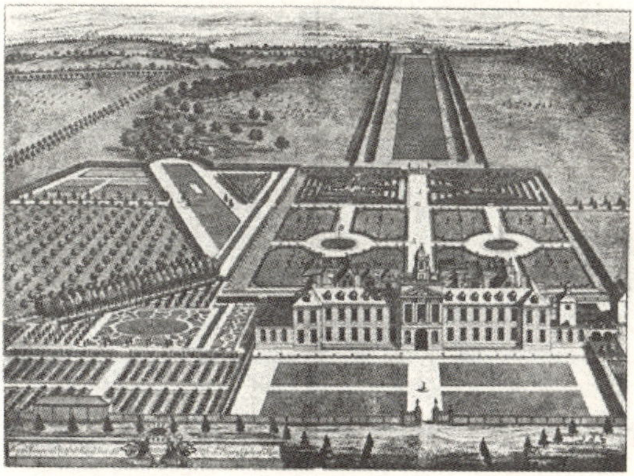

（图 113）Wrest 庄园，贝德福德郡，两个迷宫。（J.基普，1720 年）

园的雕版画(图 113)。

贝蒂·兰利和修建凡尔赛迷宫的那些艺术家们的主旨似乎主要是给探访者提供一种娱乐和多姿多彩的散步之处，而不是迷惑探访者；但是对于许多其他的迷宫建造师们来说，迷宫就是在空间允许的条件下尽可能地迷惑探访者。这一点，斯蒂芬·斯

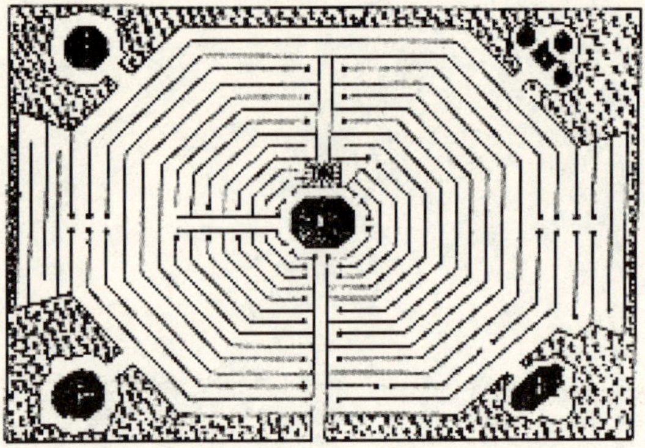

（图 114）S.Switzer 设计的迷宫。（1742 年）

维泽在他的 1742 年出版的那本多少有点枯燥、乏味的《乡村图景》中公开承认了。图 114 就是他设计的图案，他把这个图案描述为“一个模仿古代风格的，只有树篱或围墙的迷宫”。

他谈到，迷宫的意义就在于让“到达迷宫的中心成为一道复杂难解的难题，要复杂得（正像一般的百姓之所以喜欢迷宫那样）会让人身陷其中，无数次地碰壁，不断地失望。我认为实现这个目的的最好方法就是让人们在迷宫入口的地方就开始为选择通往有一棵绿树为荫，并且能够到达 B 端的中心而左右为难；也正是为了这个原因，我们在迷宫的入口、有绿地和雕像的中心，和 A 端分别设置了六个入口，但是只有一个才能通往迷宫的中心，而要找到这个通路则要付出很多努力，碰很多次壁”。

他还补充道，“……就像我的文学风格一样。”

据说最有想象力的迷宫要算德国 Anhalt 王子的宫廷花园里那个占地面积巨大的迷宫。它具有象征意义，暗喻的是人的一生。这个迷宫里面不仅有树篱，还有岩石和树林、河流和洞穴，以及泥土铺成的弯弯曲曲的小径,而且视线昏暗。

在每个转弯处,探访者都会遇到令人迷惑或恐惧的寓言,或是一些说教性的碑铭,这是仿效多塞特海岸(英格兰西南部地区)的 Tilly Whim 的岩石而作的。作为补偿,探访者可以不时地在迷宫里欣赏到一些精美的雕刻作品,或是开满鲜花的溪谷,或是建筑师心中草木青翠的极乐世界的风光。跟凡尔赛迷宫一样,这个迷宫也耗资巨大。

At H.M 档案馆的“第 72 号调查”里保存了一份让人很感伤的档案,名为“温布林顿(也叫温布顿,英格兰东南部城市)庄园调查档案,产权,其中的人员和附属设备,都在调查范围之内,亨丽埃塔·玛莉亚的财产,查理斯·斯图雅特国王的皇后和未亡人,英格兰的老国王,着手进行……1649 年 9 月”。

1792 年这份档案的副本被约翰·凯里和 F.A.S 送给了《考古学》,下面的部分与我们的话题关系密切,值得注意:

“在上面提到的那个铺有草皮的庄园南面有一个巨大的迷宫和“荒野”,一条沙石小径将它们隔开,迷宫就在那个铺有草皮的庄园的中间,也可能是靠近庄园的中间,朝向东面,而“荒野”则朝向西面;迷宫里有小树、森林和壮观的喷泉,还有蜿蜒曲折的小径,圆形线路,半圆形线路,岔路和复杂的拐弯,所有的小径和小径之间的间断处都覆盖着青草;这个迷宫,按照它现在设置的状况,使这里又增值了许多……这个迷宫和那边树旁的荒野,被认为像这里其他的树一样也附属于这个美丽宏伟的花园,上面提到的这两个阴凉之处或是避暑别墅的价值,据估计是 9000 英镑。”

至于这两个迷宫是否遭到了毁坏我们不得而知，它们很可能得以保存下来，而且就是《大不列颠百科全书》的作者提到的过去斯宾塞伯爵在温布顿庄园里的迷宫，据说它们是十八世纪布朗下令建造的。[“有能力的”布朗(“Capability” Brown)，我们可以注意到，虽然他的官邸在靠近迷宫的汉普顿王宫，但是他根本不喜欢迷宫。]

我们可以发现许多有关伦敦附近的古老迷宫的记载，除了上世纪的“茶室”迷宫。1666年佩皮斯提到了哈克尼(伦敦一郡)的布鲁克爵士花园里的“几个迷宫”，1700年伊芙琳也提到了马登和萨里的几个迷宫。萨顿王宫(萨顿，英格兰东南部城市)里也有一个迷宫的典范。

十七世纪时也许更早，在威斯敏斯特的塔特尔田野(Tothill/Tuttle Fields)也有一个迷宫，因为在1614年约翰·库克所作的戏剧，*Greene's Tu Quoque; or the Cittie Gallant; a Play of Much Humour* 里提到了这个似乎是广为人知的迷宫，在这个戏剧里一个人物曾向另一个人物提出决斗的挑战：

Staines：我接受，地点在哪里？

Spendall：在塔特尔的迷宫那边。

根据威斯敏斯特的圣玛格丽特的《教会执事记》里的记录，1672年这个迷宫被修复或重建：“事件，威廉·布鲁尔，为了修建塔特尔田野的迷宫……200英镑。”

古文物研究者，博物学者，约翰·奥布里非常清楚这件事，我们引用了他关于这个草皮迷宫的证据。在他的《遗迹》中，1686年—1687年，写道：“在今天的威斯敏斯特的塔特尔田野有一个迷宫,在夏日里天气晴朗的午后会有很多人探访那里。"

根据J·E·史密斯的《浸信会教友圣约翰的教区备忘录,威斯敏斯特》所载,塔特尔田野在一个时期曾被称为"迷宫塔特尔"。

在温斯劳斯·豪勒(1607年—1677年)雕刻的伦敦和威斯敏斯特远景图中,在塔特尔田野的中间有一丛树林环绕着一个荫蔽处,看起来就像演奏台,但是看不清是否有类似迷宫的建筑。

奥布里提到的另一个迷宫可以在今天的地名(迷宫池塘)中找到其痕迹,那就是南沃克的迷宫。"位于南沃克,"奥布里说道,"迷宫被改建成了许多具有同样名称的房屋。"

另外他还说道,"在Tooleystreet南面,Burnaby-street稍微往西一点,伦敦自治区的东面,有一条叫作MAES或MAZE(这是迷宫的另外一种叫法)的街道。我认为我们是从我们的丹麦祖先那里继承下来迷宫的……"后面的这个资讯似乎为所有后来的考古学家和古文物研究者所忽略,但是在讨论"石头迷宫"时,我们会看到它的重大意义。

从他的最后一段话中,我们可以清楚地看到,奥布里认为它是草皮迷宫而不是树篱迷宫,但我们认为南沃克的迷宫到底是前者还是后者尚有疑问。

贝特(英国东南部的城镇)的修道院长在修道院解散后曾在那里住过一段时间,据说在他的花园里有一个迷宫,或者也可能是花园里的小径铺设得非常蜿蜒曲折,就像是一个迷宫。

但是有记载显示:在修道院解散前当地就有一个地方叫迷宫,很可能在修道院的附近曾经有过一个草皮迷宫,也许比修道院的历史更悠久。

根据斯瑞克兰的《历代英格兰女王的生活》(*Lives of the Queens of England*)，南沃克的迷宫曾经是都铎·玛丽公主的花园的一部分,但是书中没有引用权威人士对此的证明。

格林威治(位于英国伦敦东南部,为本初子午线所经之地,原设有英国皇家格林威治天文台)的迷宫山(Maze Hill)据说就是因为从前这里曾经有一个迷宫而得名，迷宫的遗址据说可以在位于 Blackheath 的 Morden College 的入口处找到。它的名字之前曾经被拼写为 Maize Hill，还有一个时期是 Mease 或 Meaze Hill。

在本书的后面，我们还会对地名做些说明，这里顺便说一下,对一个过去曾经一度存在过的迷宫的推断,仅仅依靠目前的一个与之意义相似的地名,显然是站不住脚的。

第十六章

灌木迷宫或树篱迷宫

（三）

绿篱迷宫风潮的衰落——“幸福花园”中的迷宫：诺斯·伦敦，史密斯·伦敦——埃塞克斯郡、萨福克郡、柴郡、林肯郡和格洛斯特郡的近代迷宫——近代的一些大陆迷宫——围绕绿篱迷宫展开的辩论

近代发展

十八世纪末期，人们在私家花园里修建迷宫的热情开始减淡，但是在大众娱乐场所，对灌木修剪迷宫的需要还是很大的。Ranelagh 和 Vauxhall 那种“趣味花园”在大都市和很多时髦的疗养地也十分盛行，虽然只有很少的明确资料记载说那里曾经修建过迷宫，但毫无疑问那里确实曾经有过很多迷宫，只是大多数都消失了。

大约在一个世纪前，在伦敦北部 Islington 曾经有一个很有名的休假地，叫白泉庄园，那里吸引人的地方之一就是因为有一个迷宫。在 N.W.的哈罗路的奇贾斯特(英国南部自治市)六号，曾经是一个小型的国家花园，名叫“迷宫”，而它在上个世纪的中期非常兴盛。

北部的 Hampstead 的 Spaniards 附近的特纳树林里据说也有一个叫“新乔治亚”的趣味花园。

泰晤士河南面著名的比乌拉温泉疗养地也有一个迷宫，它和汉普顿王宫的迷宫都曾经出现在狄更斯的“博兹草图”里。(博

(图 115) Nesfield 的迷宫,位于 R.H.S.花园,南肯星顿,circ. 1864 年。
(来自 R.H.S.官方指南)

兹是狄更斯的笔名),其他很有名的"茶室"迷宫位于水晶宫和格雷夫森德(英国东南部的自治市,位于伦敦东部泰晤士河畔)的 Rosherville 花园里。

在大约 1862 年的时候,应王子夫妇的要求,人们在南肯星顿的皇家园艺学会的花园里修建了一个迷宫。这个迷宫由 R.N 的 Nesfield 上尉设计。Nesfield 放弃了海军职业却成为了一名出色的园艺师。图 115 是 1864 年的 R.H.S.的官方花园指南提供的这个迷宫的设计图案。在迷宫的"目的地"有一尊加拉提亚的雕像(加拉提亚,一位少女,起初是皮格莱恩雕刻的塑像,后来在雕刻家的请求下爱与美的女神阿佛洛狄给予了她生命;加拉提亚也被用来给 19 世纪的英格兰战舰命名)。

这个设计图案跟 Nesfield 最初的设计有些不同,最初的那个略为简单些,在迷宫的中心处是一个喷泉和水池。《大不列颠百科全书》里所用的那个图片也被一本很流行的关于迷宫的书所引用,而且还附有评论,称它是“不难的东西”——很不幸地跟官方图案在一些微小但是很重要的细节之处有些出入;在它外面的第三个入口可以直达迷宫环形的目的地。这个迷宫最后也遭到了毁坏,并且在很久以前就已经有新的建筑出现在它的遗址上。

M.P 的 L·福莱大约一个世纪前在 Saffron Walden 的美丽小花园里向公众展示了一个名为小桥花园的迷宫,这个迷宫除了在某些地方有被不耐心的探访者弄出来的捷径以外,大体保存完好。按照当地人的说法,这个迷宫是仿照汉普顿王宫里的迷宫而建造的,但是设计图案却有很大差别,应该说是更加精巧。本书中的照片(图 116 和 117)是从迷宫中心的一个讲道坛似的建筑上分别朝着南面和北面拍摄的。

需要说明的一点是,站在这个讲道坛似的建筑上的人也无

(图 116) 小桥花园里的迷宫,Saffron Walden, 朝向南面。
(照片: W.H.M.)

（图 117）小桥花园里的迷宫，Saffron Walden，朝向北面。
（照片：W.H.M.）

法看到迷宫的路线全貌，因为有些高大的树篱挡住了视线，毫无疑问，这样设计树篱也正是为了这个目的。这个迷宫距离我们上一章里提到的那个草皮迷宫只有几百码。

这个郡里的另外一个现代树篱迷宫是位于 Manningtree 的 Mistley 庄园，杰克逊的住所，他曾善意地向笔者提供了这个迷宫的很多细节。这个迷宫修建于五十年前，不幸的是，设计师在迷宫材料的选择上很不明智；树篱的主体是山毛榉，而种在树篱最外层的是小橡树，现在已经长成了大橡树，因此不但遮挡而且破坏了树篱的其他部分，所以现在很难看出迷宫的设计图案了。只有内层的树篱是完整的了。

与它毗邻的萨克福马郡（位于英国东部的一个地区），Somerleyton 爵士的庄园 Somerleyton Hall 里有一个跟它同时期建造的，但是设计图案截然不同的迷宫。这个迷宫的树篱是紫杉的，树叶浓密，大约有六、七英尺高。迷宫的每个 A 端都种有两棵美丽的金色爱尔兰紫杉；迷宫的每个B端精心修剪过的紫杉也都别有一番风味；在迷宫中心有一片草色青青的小山坡，山坡的顶端矗立着一座小巧的宝塔，仿佛镶嵌在小山上的皇冠。

在J.Egerton·Warburton柴郡（英格兰中西部一郡）的阿里庄园的宏伟花园里有一个略为复杂的六角形迷宫。这个迷宫由大约五十年前种植的欧椴树构成。

在林肯郡的格兰瑟姆附近，Brownlow伯爵的贝尔顿庄园里有一个圆形的，图案虽然简单却很独特的迷宫。

根据凯利的本郡位址录的记载，“老游乐园有小径和喷泉，在十八世纪的时候被发现，构成了花园的一部分。”在格洛斯特郡H.D.Brocklehurst的宅院，Sudeley城堡的辖地里，曾经有一个迷宫。托斯·寇克上校在五十年代曾在诺丁汉郡的曼斯费尔德木场的Debdale庄园里修建过一个迷宫。

W.W.罗斯·保在他的《数学游戏和论文》中曾经提供过一个设计精巧的迷宫设计图，这个迷宫就建在他自己的、大概是在剑桥的花园里。很可能除了这些比较大的乡村庄园里的迷宫以外，还有许多其他的迷宫存在，但是由于迷宫的主人大多认为这是一种不光彩的古代风俗的遗留，所以只有在偶然，或是个别询问的情况下，我们才能得到它们的资料，因此几乎无法对迷宫做出非官方的统计。然而基本上可以确定这里已经涉及了所有著名的迷宫。

在欧洲国家，迷宫则不多见。据说在巴塞罗那（西班牙东北部港市）的附近也可以见到一些迷宫，它们的特点都是由鲜花盛开、芳香四溢的灌木构成树篱。

在意大利,Inigo Triggs 的《意大利的花园设计艺术》(*The Art of Garden Design in Italy*)一书中,在描述米兰(意大利北部城市)附近的 dei Arconati 城堡时,提到那里有两个"迷宫",一个占地很大、由修剪细密的角树构成,布置得几乎像是一个圆形的迷宫;而另一个则有许多小围篱和有喷泉的荫凉地带。

在法国,也有一些著名的迷宫,比如土尔的圣迈克尔修道院的 la Tour du Diable 迷宫; 卡昂位于 Abbaye aux Dames 的迷宫;还有位于巴黎 Jardin des Plantes 的小迷宫,这个我们在前面已经介绍过。

上世纪末的时候, 有一个对于维也纳 (奥地利首都)Tivoli Gardens 花园的描述中提到, 花园里的一个看台下面有一个迷宫, 观赏者可以站在看台上俯视困在迷宫里喧闹、忙乱的探访者。

在美国, 基本上没有哪个过去欧洲的装饰不在这里得到复制,也有一个汉普顿王宫的迷宫复制品,只是略有更动。这个复制的迷宫位于马塞诸塞州的沃尔瑟姆福里斯特,是科妮莉亚·沃伦小姐的财产。它建于 1896 年,树篱由浓密的乔木构成,使用了约有上千棵树。迷宫大致模仿原来的设计图案,只是汉普顿王宫的迷宫里后面尖角部分的设计在这里被改造成了圆形的曲线,而且中心地带的圆形树篱也被相对地做了修改。

在迷宫的中心有一个池塘,入口的前方有一个乡村讲坛。到达迷宫中心的最近路线据说有 1/5 英里长, 而迷宫里小径的总长度大约是 1/3 英里。

在一个叫作雪松山的地方也发现了一个巨大的树篱迷

宫——毫无疑问,还有更多的迷宫存在。

也许是由于人们对前一个时代精雕细凿的人工设计产生了厌倦,十八世纪后半期著名的园艺师们对迷宫的热情开始减退。

“设计花园的时候,”凯姆斯(亨利·霍姆)爵士写道,“要避免每个琐碎的或古怪的细节。这是否可以说明迷宫的设计?它是一种别出心裁的奇思妙想,就像是做出斧头或者鸡蛋形状的作品:小径和树篱构成的迷宫图案要赏心悦目,同时它的宗旨只有一个,那就是迷惑探访者;这个迷题还不能太平庸,因为最后的答案必须是睿智的证明,但仅有睿智还不足以解决这个迷题。”

这段话出现在它的《批评原理》中,詹森博士曾这样评价这本书:“阁下,这本书是一个非常好的文集,值得重视,虽然很多内容有些异想天开。”至于睿智对于探索迷宫于事无补的想法显然是一种空想,我们会看到,只有那些欣赏纯粹的艺术的人才会毫不犹豫地赞同凯姆斯爵士的观点,他甚至说道,“凡尔赛花园,虽然由当时一流的艺术家耗资巨大而建成,也只是一种堕落品位的永久纪念碑。”然而在凯姆斯之后的时代,凡尔赛花园历经了巨大的改造,成了今天巴黎市郊的美景之一。

从那时起,树篱迷宫才成了众矢之的,遭人蔑视,虽然有些人的确有原因,但大多数人不过是随波逐流。即使在今天,仍不乏很多颇有名望的园艺师,漠不动心地看着这些常青树从彻底消失,它们曲折回旋,古老的魅力堪比现代成熟的花艺。

难道就没有一个人对此或多或少地表示一些同情吗?当一个人的职业生涯都奉献给了创造新形状的植物或者是对现有形状的改进,并且只有经过不断的科学训练、耐心的试验、持之以恒的警惕心和优良品种的仔细筛选，才能取得成功，如果让这样的人来修建和维护一排蜿蜒曲折的普通常青灌木丛，那他一定会很烦恼。这个情况很像是一个技艺精湛、惯于演奏伟大奏鸣曲的音乐家被一个听众要求演奏一个叙述性的军事进行曲一样！

W. 鲁宾逊在为他那本著名的手册——《英国的鲜花园，迷宫》，撰写关于迷宫的部分时，或许就有这样的感触，他写道，“是园艺观念之一，出现在人们对鲜花盛开的花园的高贵与美丽所知不多的时代。”接下来他还把迷宫称作“丑陋的无聊行为”。“它们应该留给，”他说道，“类似公园里的茶室那样的地方。”

不管我们如何看待他的批判之词，都不得不承认他的评论有其合理之处——迷宫的一大缺点就是为了让常青灌木保持紧密的线条会对它们进行定期的修剪，这就必然造成部分灌木的死亡和扭曲；如果不对它们进行修剪，结果会更糟糕，整个树丛很快就会变得易燃。

这段批判之词旁边还有一幅迷宫的图片，但这幅图片根本不能算作树篱迷宫的代表。因为这个迷宫采用的是十七世纪的图案，很像是为花床迷宫而设计的，因为除了几个装饰之处以外，这个设计图案基本是一笔画型的。

虽然上述的责难可能会得到大多数现代园艺师的衷心支持，但还是会有不少人支持迷宫的。

比如在 Madeline Agar 小姐那本非常实用的《花园设计》中，她认为迷宫是大型花园中一种绝对合理的装饰，而现代园艺家们之所以对迷宫产生厌恶则是因为缺少耐心。

这是一种具有很强的原创性设计，还需要考虑到坐椅、日晷和雕像的设置,但是我们必须承认它是一种财富的炫耀,因为它是肯定不会误入俭朴的"歧途"的。

我们也必须承认,作为时尚的宠儿,迷宫在过去曾经风靡一时。每一代人都追求新奇,灌木修剪迷宫也可能因为一些古物爱好者而暂时复兴,但是几乎不必希望或者担心它能在园艺师的心中重新占有重要的地位。只有我们努力地去维护它,才可能出现那样的结果。树篱需要经常地修剪,有时某些部分还需要更新,尤其是当没有带刺的铁丝网或者其他方式来制止一些不守规矩的拜访者走捷径的时候。迷宫那超过半英里长的小径,需要定期的维护,除非我们乐意经常想起汤姆·摩尔的那个双关的谜语:

为什么花园里令人迷惑的迷宫,
就像是年轻的寡妇,清新而美丽?
因为它需要某些手去修剪,
野草绝不会在那里出现。

像角树和莱檬那样的落叶植物在绿叶凋零的季节会使得迷宫看起来很丑陋,而像紫杉和柏树那样生长相对缓慢的针叶植物,不但价格昂贵,还需要很长一段时间的生长期才能使树篱达到合适的高度和密度。黄杨树荫会生鼻涕虫;刺柏、冬青和其他的多刺疏林看起来单调、荒凉,这个缺点盖过了它们其他所有的优点——简而言之,就是不管我们采用哪种树种来构成树篱,园艺师都可以找到很多理由来支持他的偏见,进而反对用这个树种来修建任何形状的迷宫。

另一方面,迷宫有它独特的、几乎是无法阐释的魅力,我们甚至无须为它们的消失而颤抖，就算我们把这个很多人在成熟阶段依然无法摆脱的浪漫天性当作一种颓废的感伤而从大脑中挥去,只要我们还在繁殖下一代,就不必担心它们会消失。

第十七章

石头迷宫和岩画

芬兰的石阵迷宫——当地的传统与专门用语——他们的古代——奥布里的深入考察——英格兰、爱尔兰和布列塔尼的一些迷宫样的巨石雕刻——亚利桑那州的神奇发现和西班牙手稿——美国印第安人和克里特迷宫——另一种印第安人的古代石壁画——祖鲁人的迷宫——迷宫崇拜的各地分布

石头迷宫和岩画

我们注意到在十七章里有一些几年前找到的、有关草皮迷宫起源的重要线索，从特罗洛普博士的那本被奉为这个领域里的权威之作的论文集里，我们知道了其他地方的几个有趣的爱好者，对他们做一些探讨可以让我们从一个全新的角度来看待这个问题。

早在 1838 年 E.von·Baer 曾因为恶劣的天气被阻搁在芬兰湾的 Hochland 南面的一个荒芜人烟的孤岛上，在那里他发现地面上有一些由大鹅卵石拼成的很奇怪的图形(图 118)。他还注意到在拉普兰半岛的南部海岸也有类似的图形，就此他曾向圣彼得斯堡学院提交过一篇论文。有的图形里的石头是小小的鹅卵石，有的图形里的石头则大似小孩的头，有的图形里的石头大得甚至需要几个强壮的男人才抬得动。由于苔藓和蠕虫的活动等等，一些图形几乎已消失了。

1877 年赫尔辛基(芬兰首都)的 J.R.Aspelin 博士在芬兰和瑞典的东部海岸也发现了类似的图形。图 119 是一个他在芬兰

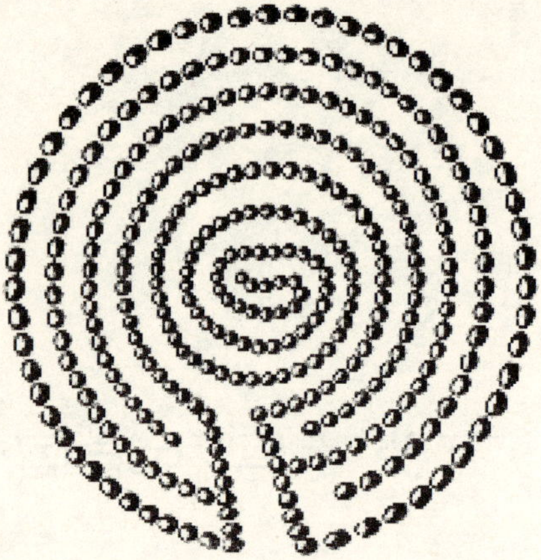

(图 118) Wier Island 上的石头迷宫，芬兰湾。(Von Baer 发现的)

Borgo 附近的一个小岛上发现的图形。据他的描述，有的图形有一个“中心”，有的图形有两个，有的图形则根本没有。它们的直径都在十到十五码左右。在哥特兰岛上的维斯堡(瑞典东南部一城市，位于波罗的海的哥特兰岛西岸)有一个很大的直径约有二十码的图形(图 120)，这个图形跟克诺索斯(克里特北部的一个古城，位于现在的伊腊克林附近。它可能是从公元前 2000 年到公元前 1400 年很繁盛，它是代达罗斯迷宫和米诺斯国王宫殿传说的所在地)的一些钱币上的圆形迷宫图案很相似。这些图形基本上都是在岛上或是海岸附近的地方发现的，而且不同地区的人们对它们都有不同的称呼。

渔夫和农民说这些图形是给孩子们玩游戏的：一个女孩站在图形的中心，而男孩子们则顺着弯曲的路线争先来到女孩的身边；但是 Aspelin 博士指出不管怎样这些图形都是遗留下来的

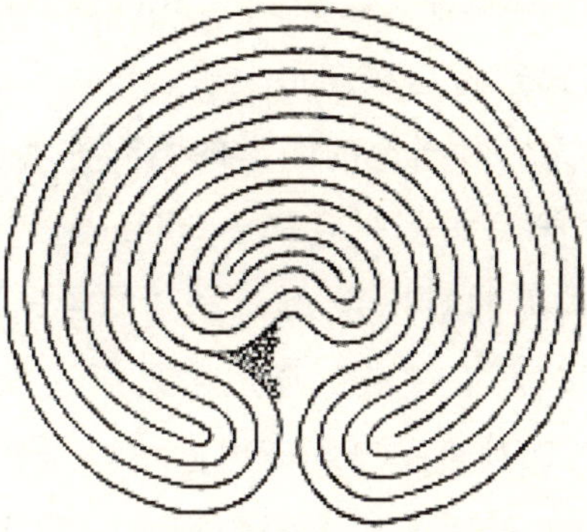

（图 119）芬兰海岸的石头迷宫。（Aspelin 发现的）

古址，而且也许可以追溯到铜器时代。

在冰岛也发现了类似的图形，它们的图案跟其他地方的大体相同，是鹅卵石摆成的一个个的同心圆，有时中心会有一个十字架。德国勃兰登堡（德国东北部一城市，位于柏林的西南以西哈弗尔河畔）的人们很早以前就知道这些图形。

这些图形似乎逃脱了大多数这方面研究者的注意，因为早

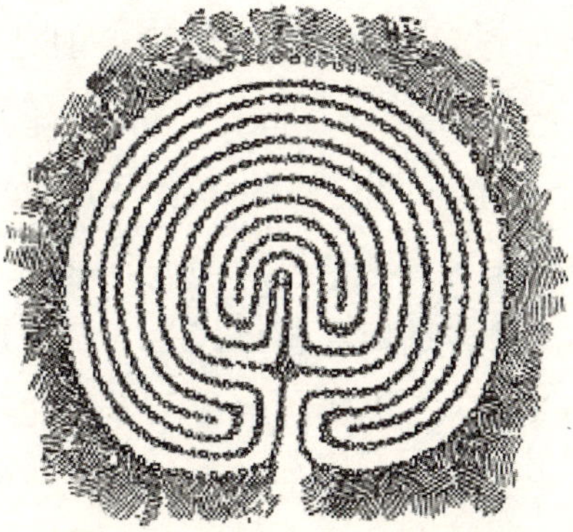

（图 120）哥特兰岛上的维斯堡的石头迷宫。（Aspelin）

在十九世纪以前，瑞典古文物研究者 Rudbeck 在他的《大西洋》(1695 年)中就曾描述过这些图形。

不同地区的人们对当地的图形的不同称呼也很值得我们思考。芬兰海岸的居民大多叫它们 Jatulintarha（巨人的栅栏）和 Pietarinleikki(圣彼得的游戏)。赫尔辛基的居民则大多称它们为“耶路撒冷遗址”，“尼尼微城”(尼尼微是亚述帝国的一座古城)或者“耶利哥墙”(耶利哥是巴勒斯坦古城)。维堡(前苏联西北部城市，临芬兰湾)附近地区的人们则把它们称之为 Jätinkatu(巨人的街道)、Kivitarha(石围栏)或者 Lissabon。

在拉普兰人们一般叫它“巴比伦”(古代巴比伦王国的首都，位于幼发拉底河沿岸的美索不达米亚境内，是世界七大奇观之一的空中花园所在地)；在冰岛，有的迷宫是由泥土构成的，人们叫它们 Völundarhus(维兰德的屋子)。

在挪威和瑞典它们有时被称为 Nunnentarha(修女的栅栏)，Jungfrudans(少女的舞蹈)或者 Rundborg(圆形城堡)。在卡特加特海峡（在瑞典和丹麦之间）的一个岛屿上人们则叫它们 Trelleborg(旋转的，或巨人的城堡)；但更多的是类似我们的“特洛伊城”的名字，像 Trojin, Trojeburg, Trojenborg,或者 Tröborg。另外一个有时也会用来称呼它们的名字是 Steintanz（石头的舞蹈)，而维斯堡的石头迷宫则被称为 Tröjeborg。

有些迷宫在古丹麦的时候就已经为人们所知，十七世纪丹麦古文物研究者奥拉夫·沃姆的木版画作品之一(图 121)就是一个雕刻在古代十字架上的象征图形。据此我们可以做出上面的推断。

（图 121）丹麦的刻有古代北欧文字的石头十字架，上面刻有迷宫图案。（O.沃姆，1651 年）

那么我们就会发现约翰·奥布里在阐述他的观点时说道，“我们是从我们的丹麦祖先那里继承下来迷宫的。”，他绝不是随便说说的。实际上，他的观点是在对丹麦和瑞典作家作品的研究基础上而得出的。

如果像以上讨论所引导的那样，在挪威入侵不列颠岛之前，迷宫图形是北部地方人们的一个典型特征的话，我们也许会问，是否在某些地方会有更古老的居民使用这种图形的证据呢？在北部国家的史前遗址中是否也有类似图形的痕迹呢？

有些遗址为上述的问题提供了肯定答案。大约一百年前在诺森伯兰郡（英格兰一郡）和边界地区发现的著名的史前岩画就提供了很重要的线索，1864 年 G. 塔特对此曾做过详细的描述。它们很多就是跟圆形迷宫类似的图形，但是没有发现典型的克里特迷宫类型的图案。图 122 和 123 是分别在 Routing Linn 和 Old Bewick 发现的岩画中的迷宫图案。岩画中的迷宫图形通常直径是三四英尺，许多都是由通向杯形中心的彼此相连的凹槽构成。凹槽通常贯通相连,构成非常复杂的迷宫图案。绝大部分仅仅是由许多环绕着杯形中心的同心圆构成，而同心圆有时会被一些呈放射状的直线凹槽切断。关于它们的起源和含义我们

(图 122) Routing Linn 和 Northumberland 的岩画。
(G.塔特 in Proc.贝里克希尔博物学者俱乐部,1864 年)

(图 123) Old Bewick 和 Northumberland 的岩画。
(G.塔特 in Proc. 贝里克希尔博物学者俱乐部,1864 年)

都不得而知。

在大不列颠的其他地方,在北到奥克尼郡(苏格兰原郡名),南到 Devonshire(英格兰西南部的州)的地方,也都发现了岩画,虽然数量不是很多。在冰岛其他地方发现的岩画的主要形状都是简单的螺旋形。

在布列塔尼半岛(法国西北部一地区)海岸附近的 Gav'r Innis 上发现的环状列石上面的精细装饰图案也很像是迷宫。石头的全部表面都雕刻着同心圆形的凹槽,彼此都不交叉,构成了很像是我们手指尖上的指纹样的涡旋图案。然而这些都无法跟我们提到过的草皮迷宫、石头迷宫或者是克诺索斯钱币的图案联系起来。

在意大利近海的阿尔卑斯山的岩石上发现的著名史前岩画群中有一个图形就是一个五层的螺旋,螺旋时而被直线穿过,还有许多无序的分岔,但是仅仅这一个图形与迷宫图形相似并不足以证明此处便是迷宫的起源的推论。

读者也许很想知道在其他大陆是否也发现了迷宫的痕迹,并且,如果发现的话,它们是否与曾在欧洲风靡一时的迷宫存在某种联系。在这方面,多年前有一个很有趣的发现:在美国亚利桑那州的 Pinal 县的一处现已毁灭的名为 Casa Grande 的古印第安建筑的墙上,雕刻粗糙的壁画中发现了一个圆形的克里特迷宫图形。

还有一个极为相似的图形,只是在迷宫的“入口”处多出了一些我们尚未清楚含义的象征图形,出现在一个西班牙人的名为《简述》(*Rudo Ensayo*)的手稿中,这个西班牙人曾在 1761 年或 1762 年到过这个国家——比马人（北美印第安人的一个部族）的部落。据这个手稿记载，这个图形是印第安人粗略地画在沙滩上的，代表着一个建筑的设计图。

美国人种局局长，J.W.Fewkes 博士在十五年前曾调查过此事，他曾向一个居住在那附近的印第安老者询问是否见过这样设计的建筑，或者是建筑的遗址。老者的回答是否定的，但是他说这是孩子们的一个叫 Tcuhiki，也就是“Tcuhu 的屋子”的游戏里常用到的图形。(Tcuhu 是神话中的英雄，很可能就是 Gopher，据说是他制造了一个螺旋形的洞，使比马人从下面混沌的世界里逃了出来。)还有一个介绍过这个部族的作家也提到过一个与此类似的游戏。这个游戏叫作 Tculikwikut，玩的时候需要圆环和标枪，通过小石头的移动来计数，这些小石头是沿着沙地上的一种叫作 Tcunni Ki(参议厅)的，从中心向外辐射的螺旋形而设置的小洞移动。

如果这些游戏跟一些地区发现的西班牙入侵墨西哥之前的

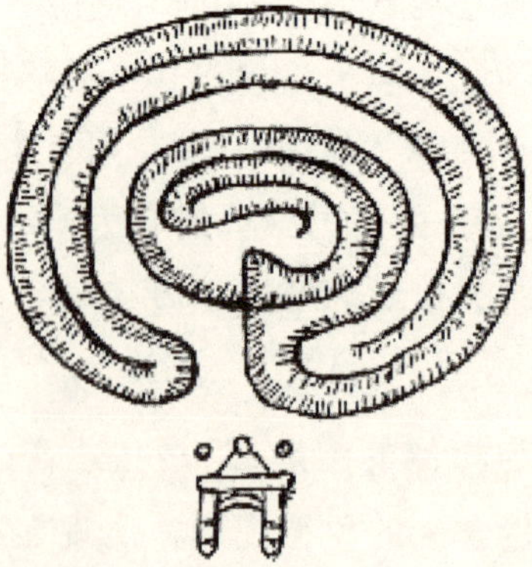

（图 124）十八世纪的西班牙人手稿里的印第安迷宫图形。（科顿发现的）

迷宫图形有关联的话,我们就不得不得出这样的结论:是一种惊人的巧合造成了新旧大陆里这个图形的出现;或者是它们源自于同一个令人惊骇的祖先。还有一种可能性,就是早期的西班牙人把这个图形传到了印第安人手中,所以他们会有这个相似的图形。

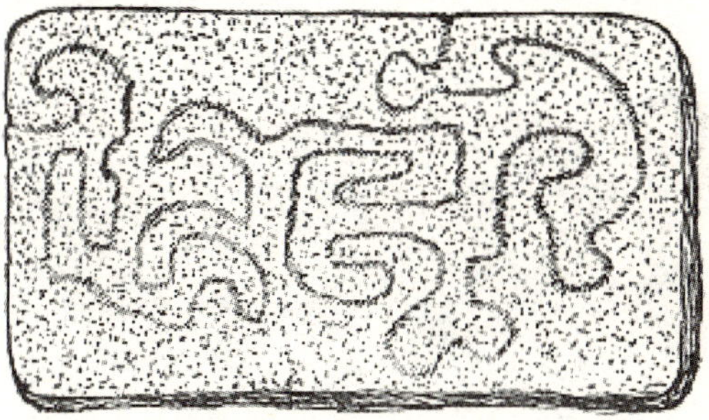

(图 125) Mesa Verde 的迷宫岩画。(After Fewkes)

目前为止,只发现过另一个与迷宫相似的古印第安岩画,是 1919 年 Fewkes 博士在 Mesa Verde 国家公园里的一个被称为"四方塔楼"的遗址中的一块鹅卵石上发现的。这个图形(见图 125)与一般的迷宫图案截然不同,它只是不对称的弯曲凹槽,看起来跟现在流行的女士衣服上的编织图案很相似。这个图形的含义也不为人知。

根据 1913 年的《民间文学》中一段简短的评论,一本由 L.H. 塞谬尔逊("Nomleti")在 1912 年所写的名为《祖鲁习俗和传说》(*Some Zulu Customs and Folk Lore*)的书中有关于祖鲁人(非洲东南部的一支班图人,主要居住在南非纳塔省的东北部)在地面上建造迷宫的描述。不幸的是,这本书现在已经绝版,但说也奇怪,在不列颠博物馆和民俗协会都没有这本书的副本。令人极为好奇的就是不知道他所描述的迷宫图形跟经典的克里特迷宫图形是否相似。

目前为止，证据显示这种明确的迷宫崇拜局限在欧洲的某些地区和地中海沿岸地区。这片区域大致跟环状列石的建造者曾经居住过的区域相吻合。关于它们的起源和含义,有许多有趣的推测,我们将在下面介绍。

第十八章

舞蹈或特洛伊竞赛

迷宫名字中的"特洛伊"——一则古老的法国传说——特拉戈里亚特拉古瓶——维吉尔笔下的特洛伊游戏——得洛斯人的鹤舞——克诺索斯与特洛伊——阿里阿德涅的舞蹈——春祭(Spring-Rites)——"同心魔法"(Sympathetic Magic)——剑与莫里斯舞——中世纪德国与近代塞尔维亚的特罗伊舞蹈——留存下来的英国传统

舞蹈或特洛伊竞赛

读者也许会注意到在前面介绍迷宫的章节中曾多次提到了“特洛伊”这个名字。这二者之间的关系我们可以在一些迷宫的名称中发现，比如 Somerton 和 Hillbury 的“特洛伊镇”，Cumberland Marshes 和 Appleby(Lincs)的“特洛伊墙”和威尔士牧羊人的“Caerdroia”。在北欧则是“特洛亚”(Troja)或者是两个词的结合“特洛伊堡”(“Trojeborg”或“Tröborg”)。

这二者之间的联系并不是近代才有,关于这一点有据可考,在不列颠博物馆里保存的十五世纪的一个法国人的手稿中发现了一个很有趣的符号。这个手稿记载了 Seigneur de Caumont1418 年到耶路撒冷的旅行，这次旅行被称为“Voyaige d'oultremer en Jhérusalem”。在到达 Crete en route 岛的时候，Seigneur,像其他旅行者在这种场合所做的那样,趁此讲述了几个跟它有关的著名传说。从他的一段话中似乎可以看出,“特洛伊镇”或“特洛伊城”在 500 年前普遍被用来称呼克里特迷宫,而且古典文化的复兴尚处于萌芽中,我们可以大致推断,这个名字是一个盛行的古老传统。

然而在第八章的 the oinochoë from Tragliatella 里提到的伊特鲁里亚人的酒罐上粗糙的雕刻图画中发现特洛伊这个名字跟迷宫的关系比这还要久远得多。

关于这些图形(图 126 和 128)的含义,学者们众说纷纭,现在基本上达成一致的就是,迷宫与武士们的动作有密切关系,而且从它的标志——Truia 中也可以看出它显然还跟著名的特洛伊之战有着某种联系。

(图 126)
伊特鲁里亚人的酒瓶

图形里的武士们正在做什么呢?在维吉尔(公元前 70 年—公元前 19 年,罗马诗人,他最伟大的史诗《埃涅阿斯纪》讲述了埃涅阿斯在特洛伊陷落后的流浪经历)的伟大史诗《埃涅阿斯纪》故事中我们发现了一个重要的线索，诗人让我们可以知晓他那个年代盛传的埃涅阿斯——安喀塞斯和神祇维纳斯的受人赞扬的儿子，在他竭力护卫的特洛伊城陷落后的流浪经历。

埃涅阿斯从特洛伊逃出来的时候,肩上扛着他的父亲,还带着他的小儿子 Iulus。正是这个男孩,在史诗的第五册里,维吉尔描述了他跟同伴们一起参加一个叫作 “Ludus Trojae 或 Lusus Trojae,或简化为 Troja(特洛伊竞赛)”的运动。根据罗马传说,这项运动由埃涅阿斯传到了意大利,而他的儿子阿斯卡尼俄斯[古罗马诗人维吉尔所著的拉丁史诗《埃涅阿斯纪》中主角埃涅阿斯之子,意大利阿尔巴隆加城(Alba Longa)的创建者]则把这项运

（图 127）伊特鲁里亚人的瓶子，特洛伊之舞，细节。（迪克）

（图 128）伊特鲁里亚人的瓶子，细节展示着迷宫和它的标志 TRUIA。（迪克）

动传到了阿尔巴隆加的国王中，并且通过他们传到了罗马。这项运动里面有一项类似阅兵式的游行或者舞蹈，一些参加者可能会骑在马上。维吉尔把这个竞赛中复杂的运动跟克里特的迷宫做了比较：

在荣耀的克里特（传闻它是如此声名显赫）
古老的迷宫，曲折的围墙
里面的小径蜿蜒曲折，成百上千
纵横交错，只要一步不慎
就无法得见出口
必将永陷其中。

(《埃涅阿斯纪》,第五册,585—591年,1718年)

这项运动在大约一个世纪后或者更晚的时候，被一些罗马作家提到,比如 Suetonius 和 Tacitus,他们都把这项运动看作是一项久已确立的制度。而且这项运动似乎在某个时期还场面盛大,像是阅兵式,这一点我们可以从一枚尼禄(古罗马的暴君,37年—68年)奖章反面的图案中得知。这项运动通常是年轻人参加,而且还必须是具有良好家庭出身的。

我们还有幸可以目睹另外一个古老的舞蹈或竞赛。规定年轻的显赫人物都必须参加，而舞蹈的动作可能代表克里特迷宫里曲折的小径,也就是特修斯(雅典的英雄和国王,他杀了米诺陶并统一阿提卡)和他的朋友们在得洛斯岛(得洛斯岛:位于南爱琴海的希腊东南部的一个岛屿，它是塞克拉迪群岛中最小的岛,传说中被视作太阳神阿波罗的圣地)上所跳的那种舞蹈。这种舞蹈被称作 Geranos 或者鹤舞(Crane Dance),大概是因为人们认为这种舞蹈的动作很像鹤飞行的动作，也可能是因为舞者身上有某种那样的装饰品 [十八世纪一个德国的旅行者曾讲到在俄国的西伯利亚的奥斯蒂亚克人（居于西伯利亚的一支芬兰乌戈尔族人)中有一种精巧的鹤舞,舞者则需要披上那些鸟的羽毛]。

这两种舞蹈之间有什么关系吗?二者都与迷宫有关,一个传说是因克诺索斯的迷宫而来；另一个被维吉尔拿来与迷宫相比较，但却是以另外一个古老传说中的名城——也就是特洛伊来命名。

与这两个城市有关的古典传说中的事件都发生在史前（如果它们确实发生过的话），对这些事件的描述在形成明确的文字记载之前是人们口头上代代流传下来的，所以我们发现在那个时期不同的版本里，人物、地点和时间也会出现差异就不足为奇了。

也许因此可以解释为什么一些北欧印欧语系的部族将迷宫与特洛伊而不是克诺索斯联系起来。

此刻最关键的一点是，迷宫的图形，在每个地方都跟一个竞赛仪式或舞蹈相关。

另外一种舞蹈，可能具有同样的性质，并且与克诺索斯有关的是荷马的《伊利亚特》（荷马：希腊史诗作者创作了西方文学最伟大的两部作品《伊利亚特》和《奥德赛》）里提到的代达罗斯为阿里阿德涅而发明的舞蹈（阿里阿德涅：国王米诺斯和帕西法的女儿，曾给特修斯一个线团，帮助他走出米诺陶的迷宫），身佩金剑的青年和头戴花环的少女列队来跳这个舞蹈。

根据许多神话、典礼、古代和现代竞赛仪式中得出的推断，一些人类学家认为这些特洛伊竞赛和迷宫舞蹈都仅仅是一种很久远、很普通的仪式，目的是在大自然的冬眠过后，唤醒春天，或者是为了释放被久禁在寒冬魔鬼的牢笼里的太阳。

在那本世界民俗的精彩概述《金枝》中名为“垂死的神祇”的一册里，弗雷泽·詹姆斯（1854—1941 年，英国人类学家，在其最著名的作品《金枝》中研究了巫术、宗教和科学对于人类思想发展的重要性）探讨了我们前面提到的那些古典传说的意义，得出一个暂时性的结论——阿里阿德涅的舞蹈象征的是太阳在宇宙中运行的轨道，它的意义在于"透过感应巫术来帮助天空中的太阳在它的轨道上运行。"他还让注意到奇尔科廷(Chilcotin)印第安人在日食的时候举行的活动——斜靠着一根棍子沿着一个圆圈行走，仿佛是在帮助太阳沿着它的轨道运行(很像是一个孩子推着火车车厢的一面壁板来帮助它运行)。

剑桥古典考古学家，A.B.库克指出，克诺索斯钱币的一面是米诺陶(希腊神话里的人身牛头怪物)，也许是一个带着公牛面具的男人，显然他是这个仪式的参与者；钱币的另一面是一个"万字饰"迷宫(万字饰：一个古老的宇宙或宗教象征，由希腊十字的各端成顺时针或逆时针弯成直角而形成，卍，古代的太阳标志)。

所有的一切似乎都是一个普通的外行人也可以推测出来的，但是没有一个在这方面所知不多的人可以避免这个结论——无论如何在很早以前的时期，也许是新石器时代，有一种非常盛行也是非常重要的仪式，很可能是一种牺牲类型的仪式，与唤醒春天有关。这个古老的习俗非常盛行以至于至今仍然有迹可寻，只是不同地区各不相同。

莫里斯舞(英国古代的一种化妆舞蹈)，多数情况是纪念西塞尔·夏普的天才和勤奋的，透过他的学生们而代代相传。毫无疑问，这些舞蹈，都是这类仪式的遗存。这些舞蹈只在每年的固定时候才举行，人们的态度都非常尊敬，也小心翼翼地对待每个细节。

1870年 *Notes and Queries* 的一篇通讯(安妮·西尔维斯特)就是对这个竞赛的怀念——"古老的不列颠竞赛'特洛伊'的遗

存几乎见不到了”,它在慢慢消亡,但是她并没有对这个竞赛进行描述。显然作者认为这个竞赛与泥土迷宫有密切关系。

很遗憾的是,在历代祖先中没有关于如何“走迷宫”的方法记载。显然,如果说这样设计精巧、建造仔细的建筑的唯一目的就是让人沿着蜿蜒曲折的小径找到中心然后再走出来，而没有任何象征性的、宗教性的,或者是仪式性的意义,是会立刻遭到否定的。

也有说法声称基督教会使用迷宫来忏悔，即使我们假设也许这只是不多的情况,也找不到这种说法的可靠证据。很可能是这些迷宫只是在某些季节性的仪式上才会用到,事实上,我们知道有几种迷宫的历史并不长,而且跟一些仪式性的舞蹈有关,这些舞蹈的性质跟鹤舞或特洛伊之舞很相似。

至于“特洛伊”(Troy)一词,也许它跟舞蹈和迷宫图形的关系不是源自于那个古城,而是有更古老的历史,代表曲线或者是转弯;就像我们已经看到的,很久以前解释威尔士人所用的名称“Caerdroia”的时候就有人提出过这样的建议。也许它还跟古斯拉夫神话里的三个头的怪兽 Trojano 有关;这个怪兽在波斯神话中的名字是 Druja 或 Draogha;在印度的《吠陀》(印度宗教诗歌中最古老的文集)中是 Maho Druho,就是伟大的 Druh,它在故事里的角色就像北部地方传说里的寒冬魔鬼维兰德·史密斯。在冰岛,就像我们前面介绍的那样,泥土迷宫正与寒冬魔鬼有关。

在 Neidhart von Reuenthal 的作品里，我们发现十三世纪早期的时候,Troi 或是 Troi-Aldei 这个词汇，也用来称呼一些跟特洛伊之舞很相似的某些阅兵性的仪式，同时还有叫作

"Troyerlais"的歌曲。

最近《民俗》的一个投稿者提供了三首曲调,它们是今天西伯利亚人在跳 Trojanka 和 Trojanac 舞的时候所演奏的。投稿者认为从舞蹈节奏方面思考,它的名称可能跟它的词根 tri(即,三的意思)有关,但是他所提供的曲调显然不能支持他的观点。很有可能的是，他也似乎得出这样的结论，它们与特洛伊之舞有关。很遗憾的是,他没有对那几种舞蹈进行描述;如果能够知道这些舞蹈的动作是否与迷宫有关，或是与荷马和维吉尔描述的舞蹈相似,或是与英国的莫里斯舞相似一定很有意思。

另外值得怀疑的是迷宫图形的起源,这些迷宫也是,或是被用来组成瑞典对孩子进行的军事训练中的一项。

至于前面提到的舞蹈，我们注意到那些负责的调查者十分认真地尽力寻找和保护这种单纯的民间风俗文化。现在得知只有为数不多的舞蹈尚未发现或得到保护，而且英国民间舞蹈协会还将确保在很长的时期内,它们都不会再面临消亡的危险,我们感到十分欣慰。

第十九章

“美丽的罗莎蒙德”凉亭

“罗莎蒙德”(Fair Rosamond)、亨利和埃莉诺——匕首或烟斗(The Dagger or the Bowl)——传说的历史——布朗普顿(Brompton)与希格登(Higden)的讲述——德隆的民谣(Delone′s Ballad)——诗篇与散文中的罗莎蒙德——罗莎蒙德的碑文——鉴别力的问题——罗莎蒙德小屋的后期遗址(Late Remains of the Bower)——当代游戏——罗莎蒙德未被证实的雕像(Rosamond′s Alleged Portrait)

“美丽的罗莎蒙德”凉亭

“美丽的罗莎蒙德”和她的迷宫般的凉亭的故事，虽然不具有一般历史资料的那种权威性，但是长久以来也在民间传奇的领域里占有一席重要地位。这本介绍迷宫的书涵盖甚广，因此不能像其他的英国历史书那样对它一扫而过。

据说“美丽的罗莎蒙德”背景并不复杂，是为柯利弗德的沃而特的女儿而建，他的女儿被称为罗莎蒙德·柯利弗德。故事是这样的：亨利二世(公元1133年—1189年)选中了她作情妇，为了防止王后埃莉诺(Eleanor of Aquitaine)知道他的奸情，亨利二世曾把他的情妇们都藏在他在伍德斯托克公园里的一个非常曲折复杂的迷宫最深处。但是有关他背叛王后的流言，最终还是传到了王后那里。愤怒的王后于是找到了迷宫深处，发现她的对手已经吓坏了，泪流满面。王后给她的选择是一把匕首和一杯毒酒；她喝尽了毒酒，当场死去。

在这个故事梗概的基础上，人们有不同的增减，大多是诽谤性的，比如，传说罗莎蒙德为亨利生了一个儿子，这个儿子就是后来的索尔兹伯里伯爵，威廉·朗斯伍德(William Longsword)。虽有增减，但上面提到的那个故事梗概基本未变，并且代代流传。

然而上面提到的那个毒酒事件在那个时期的年代记编记录者哲服约克(Jervaulx Yorks)修道院长约翰·布朗普顿的记录中却没有被提到。它的最早记录可能出自十四世纪时一个法国的抄写员之手。

从这位抄写员的记录中我们发现，"凉亭"是一个建筑性质的迷宫，也许就像第十四章里所说的那样，由布林布格的路易士在前一个世纪修建于 Ardres；而不像流传中的那样，是一个常青灌木迷宫。亨利这段秘密的恋情并没有持续多久，因为罗莎蒙德不久就死去了，葬在 Godstowe 女修道院教堂的高高的圣坛前。

据说她死于 1176 年。她在死前很可能曾在那个女修道院居住过一段时间。根据当时的编年史作者 Roger de Hoveden 记录，她的尸体由林肯郡的休主教于 1191 年迁往道德之地，显然是在牧师会礼堂里改葬的。

布朗普顿提到的埃莉诺王后被关押一事是因为她纵容儿子们在 1173—1174 年间叛乱。

生活在十三和十四世纪的 Ranulph Higden 曾在 *Polychronicon* 中记录过亨利和罗莎蒙德的故事：到 Godstowe 修道院的参观者都会参观罗莎蒙德展示的一个精美的保险箱。里面有鸟、兽、鱼和拳击手套，通过机械设置或是弹簧，它们会突然动起来。

大多数后来的年代记编者似乎都接受了 Higden 对于此事

的记录。直到都铎王朝浪漫的悲剧成为民间文学流行的主题;伊莉莎白时期的诗人德雷顿(1563年—1631年,英国诗人,创作了各种体裁的作品,包括十四行诗、诗剧、讽刺诗与田园诗)在他的“致罗莎蒙德”中将这个凉亭描写为拱顶的地下建筑。这首诗在当时十分流行,然而却是以民谣的形式,跟其他几个“奇闻奇曲和国王、王子、公爵、男爵、女爵、骑士和乡绅等等的十四行诗”,在1612年由汤玛斯·Thomas Delone(或Delorney)所写,或是编辑成黑体字的小册子印刷出版。

在撒母耳·佩皮斯收藏有两个版本的民谣,书名分别是《亨利二世的情妇罗莎蒙德之死》和《她是怎样被埃莉诺王后毒死的》。约翰·奥布里在他的《遗迹》(*Remaines*,1686年)中写道,他的护士常常对他唱这首歌:

哦,罗莎蒙德,美丽的罗莎蒙德
这是她的名字
她是我们恶毒的埃莉诺王后
心中的死敌
因此国王保护她
反抗王后
在伍德斯托克修建了这样的凉亭
真是前所未见

令人奇怪的是修建凉亭的材料
是石头和粗大的木头

还有一百五十个金银块
都被用来修建这个凉亭
它们被巧妙地布置
到处是拐弯
要是没有线团
无人可以顺利进出

这首民谣可以在由珀西主教收集并于1765年出版的著名的《古代英国诗歌遗存》中找到。

跟这个有很大出入的是1729年Samuel Croxall出版的《长篇故事精选》第四卷里的“亨利二世的情人们和美丽的罗莎蒙德”。这本书含有一种对民间轻信的蔑视。“这个故事，”Samuel Croxall说道，“难道只是一个阿里阿德涅的线团和克里特迷宫的副本……难道我们不奇怪僧侣史学家竟然向我们讲述了一个如此荒谬的故事，而同样《历代记》(圣经旧约)却告诉我们，在那个国王的时代艾塞克斯郡的St. Osyth´s曾有一条巨龙出没，它所到之处——许多房屋和建筑都是一片火海。”

布朗普顿所引用的罗莎蒙德墓碑上的碑文也遭到了批评家的蔑视。“构思，”他说道，“可怜又平庸，就像那个时代的其他诗歌，仅仅依靠玩弄押韵的词藻游戏。其内容可以用朴实的英语来表达：(至于这个用朴实的英语所表达的碑文是否更有品位，请读者自己判断。)”

这世上的罗丝，不是那娇美的玫瑰花罗丝，

在这个坟墓里再次拥有了她的凉亭。
她现在散发着，不是甜蜜的芬芳
而是死亡的味道。

这段改写也许比斯托的略胜一筹(《编年史》，1631 年)：

虽然她曾芬芳甜蜜，但现在却散发恶臭，
所有男人的一面很好的镜子，只要想到她。

不管怎样，这个墓志铭在某些方面来讲是一种诽谤，因为亨利八世的古文物研究者，利兰(1506 年—1552 年，英国古文物收藏家，他曾在 1533 年至 1545 年期间周游大不列颠，去收集历史文献和遗物。他的笔记为后来的历史学家提供了宝贵的资料)曾记录说，在 Godstowe 女修道院解散，打开罗莎蒙德的坟墓的时候，骨头都被包在皮革里，四周环绕着石墨，“散发出芬芳的气味。”

Croxall 提到的很有趣的一点是，在他那个时代在伍德斯托克仍然有一个“有趣的凉亭”，而且据说这个故事就是由此而来的。同时期的另外一个值得相信的作家(汤玛斯·赫恩，1718 年)也有过同样的描述，但是在他的描述中很清楚地写道，这是一个大型建筑的遗址，而不是像我们推测的那样，是一个树篱迷宫或者树荫凉亭的遗址。无论这些遗迹到底是什么，它们在很久以前就消失了。

据历史学家 Rouse of Warwick 所言，伍德斯托克公园是英国的第一个公园。亨利一世在此曾修建过一个宫殿，但是现在堪称约翰·范布勒的代表作的宏伟建筑（范布勒:1664年—1726年,英国剧作家和建筑师,著有《恼怒的妻子》,设计了布伦海姆宫。)是在马尔伯勒公爵一世的时候修建的,并以他取得那场著名胜利的地点——布伦海姆而命名。

在传说中,美丽的罗莎蒙德是一个心地善良、天真无邪的女孩,却因为王后无理的嫉妒而遭到残忍迫害,这也成为很多小说的素材，像T. 米勒的“美丽的罗莎蒙德”(《客厅图书馆》,1847年)，后来在1911年Oliver·W.F.Lodge将它改编成独幕悲剧,命名为“迷宫”,在同年的10月14日由朝圣者剧团的演员担纲首次上演。还有一个歌剧,也是同样的主题,由阿狄森所作;它被命名为“罗莎蒙德”,是献给马尔伯勒女公爵的。最为凄美动人的悲剧是Swinburne的“罗莎蒙德”。

丁尼生 [1809年—1892年，英国诗人，其作品包括《悼念》(1850年)和《轻骑兵的责任》(1854年),反映了维多利亚时期的情感和美学思想。1850年他获得桂冠诗人的称号]在他的《贝克特》中让这个高级教士在关键时刻从王后手中救出了罗莎蒙德，并且把她带到了Godstowe女修道院。后来在那里她还设法帮贝克特——向坎特伯雷大教堂里杀死他的凶手们求情,但是失败了。

目前尚未发现权威的罗莎蒙德画像,但是在汉普顿王宫里,就在沃尔西主教房间的外面,挂着一幅女子的半身像,画像作者不得而知,但画像的标签却是罗莎蒙德·柯利弗德。然而画像中人的服装却是远在罗莎蒙德那个时代之后才出现的;事实上,没有任何证据可以显示这幅画像是美丽的罗莎蒙德，除非是作者的想象。

第二十章

迷宫溯源

重新定义的问题——小屋与朱莉安闺房（Bowers and Julian-Bowers）——何谓闺房与谁是朱莉安？（What was a Bower and who was Julian?）——迷宫与双斧——乔叟与迷宫——隐喻中的迷宫——科学术语中的迷宫——“迷宫”（Maze）的含义——特洛伊城邦与新特洛伊

迷宫溯源

读者也许会质疑用一章的篇幅来讨论这个话题是否恰当。“当然,如果谁有兴趣去做的话,也可以在字典里查到这些词汇的解释!”或者他也可以反对说解释和定义书里的词汇,最好应该是在开始的章节里。

然而这些词语根本就没有简洁明确的定义,比如像“迷宫”一词我们可以在任何一本字典里找到它,至于它的词源,权威人士尚且众说纷纭。在前面讲述的故事中,读者会看到一些关于这个问题的轻松、随意的讨论,跟即使是最好的字典所提供的生硬、刻板的解释相比,这些可能会更加生动有趣也更加容易理解。而且大多数字典都很少,或者根本不会涉及朱莉安的凉亭或特洛伊城。另一方面,当然,如果没有借助默里、斯基特、韦伯斯特、赖特和其他词典编纂者的辛勤工作的成果,我们也无法完成本章。

我们将按照音序顺序逐个解释那些讨论的词汇,首先从本书最后一章中一个很重要的词汇 bower 开始。这个词汇早期的内涵很模糊,因为关于它的外延有一种诗意的想法。它很容易地跟 flower(花)和 shower(阵雨)构成韵脚,所以成了劣等诗人的救命稻草之一,卡尔弗利有一首精彩的温和讽刺诗就是有感于此而作的:

凉亭是因为花和阵雨遭遇
在威廉的颂歌——(哦,威廉,我的爱)
他从明日的快乐里借来哀伤
我彻底忘记了——比如一朵喇叭水仙花

由此,这个词汇主要用来代表花园里枝繁叶茂的,或是树叶成荫的藤架凉亭或隐蔽处。这个意义与它的基本意义,也是更为古老的那个——住所,尤指不受外界干扰的秘密住所。

现代英语中这个单字的基本意义是伊莉莎白时代的诗人们首先使用的。《无是生非》(第三幕,第一场)里的男主角打发他的女仆去给他的表妹比阿特丽斯送信,邀请她:

悄悄来到藤架凉亭,这里的忍冬,
因为太阳的照耀而成熟,可以阻挡阳光射入。

Bower 在撒克逊人(在 6 世纪曾征服英国部分地区的西日耳曼人)的词汇里是 búr 或 bure,与 búan 有关,意思是"居住",而且经常用来指房间里的内室或者密室之类的地方。

在乔叟(1340 年—1400 年,英国诗人,被认为是中世纪英国最伟大的文学家。他的代表作是《坎特伯雷故事集》)的作品(十四世纪后期)里这个词汇也是同样的意思，比如在*Wife of Bath's Tale*里:“辉煌的大厅、卧室、厨房和密室。”

后来我们发现了这个词汇的一个诗意的外延，它不但包含人类的住所还包含动物和鸟类的住所。因此大约生活在1465年—1530年的苏格兰诗人威廉·邓巴，在讲到隐藏在灌木丛里的鸟儿的时候使用了“在它们的卧室(bower)里”。这个用法导致人们猜测这个词汇可能源自于“bough”,这个推测最早似乎是在匿名的“朱尼厄斯的信”中出现的,但是很快遭到了詹森博士的激烈批判。在索西的*Curse of Kehama*中这个词汇被用作为动词:

> 穿过覆盖(bower)其上浓密的树叶可以见到闪烁的光芒。

Bower最初意义的隐喻用法出现在摩尔的《希腊之夜》里:

> 如果,谁没有现在的家,
> 而是把她的房子bower建在了不远的未来里。

认为罗莎蒙德的凉亭(bower)是一种树篱迷宫的看法看来是现代的想法,大概是在十七世纪,因为那个时候这个词汇也用来指位于Menteith的那个小黄杨树篱迷宫(玛丽女王的藤架凉亭),在本书的十三章里我们曾提到过这个凉亭。而在早期的作家都无一例外的用这个词汇来称呼一个建筑。比如十六世纪晚期的历史学家,Robert Fabyan,把它看作是一个“名为迷宫般的或代达罗斯建的房子，或是好像一个称为迷宫似的花园里的房子”。在十五世纪中期的一个匿名韵文,这样写道:

在伍德斯托克他为她建了一个房子

那被叫作罗莎蒙德的凉亭(bower)。

为了要纪念艾塞克斯郡的这个凉亭，那个地方也以凉亭来命名——(有凉亭之处)Havering-at-Bower。这个凉亭属于建筑的类型,可能还占地甚广,因为根据1795年乔治·梅森的《论园艺中的设计》里的“凉亭之附录”所载,大意是这个凉亭很久以来曾是国王的住所,而且当地的一位老者还记得“原来的凉亭里的许多烟囱”。严格来讲,这也许不能算是证据,但是至少显示此时这个词汇的含义与它的古代含义一致。这个国土的住所显然只是私人静居的地方,而不是一个宫殿。

H.J.陶德牧师在1827年写道,“在坎伯兰郡,直到今天,人们仍然把内室或客厅叫作boor。”

在本书引用的约翰·奥布里的话中，我们可以看出他假设borough和bower的起源是一样的。然而borough是从盎格鲁撒克逊人(日耳曼民族,盎格鲁人,撒克逊人和朱特人的一支,5世纪和6世纪居住在英国)的burg或burh(即与beorgan相连,为了保护它的城市)中演变而来的。

在任何一本大字典中我们都可以找到 bower 的其他几个含义——包括布雷特·哈特(1836 年—1902 年,美国作家,因其关于加利福尼亚矿业城镇的小说而著名,最著名的小说是《咆哮营的幸运儿及其他短篇》)在《中国异教徒》(*Heathen Chinee*)中所使用的含义——但是这样的含义不是我们这里要思考的。说也奇怪,用在朱莉安的凉亭(Julian-bower 或 Julian´s-bower)中的意义往往被人所忽略。

在 *The English Dialed Dictionary*(赖特)提供了在林肯郡人们所使用的不同变体,Gelyan-bower,Gillimber 或 Jilling-bo,以及我们在肯特郡已经注意到的 Julaber´s Barrow 或 Juliberry´s Grave 的另外一个形式 Jul-laber。

这里的 bower 是不是跟 barrow(从盎格鲁撒克逊人 beorg 演变而来,跟德国的 berg 含义一样,表示小山)的含义一样呢?还是它就是跟我们前面遇到的"罗莎蒙德的 bower"的意思?关于前一种推测我们可以得到一些证据:草皮迷宫,虽然不是全部,但是经常修建在小山或土堆的顶端,对于作者来说再把这些建筑跟修建一个静居处的想法联系起来,就更有意思,尤其是如果考虑到(我们有理由这样做)前面提到的朱莉安(罗马皇帝,361 年—363 年,曾试图恢复对异教徒的法定统治)在中世纪的传说中是一个仁慈和蔼,慷慨好客的圣人朱莉安。

在布兰德的《民间文物》(*Popular Antiquities*)中,出现了大约三、四个叫这个名字的圣人,但是最有名的是一个骑士,据说是有名的朝圣者和旅行者的资助人和保护人,他的事迹在 Gesta Romanorum 中和其他地方都被传颂。

南安普顿(英格兰南部一港市)的 Domus Dei 教堂,现在是法国新教的教堂,就是为了这个圣人朱莉安而建的。传说有一天朱莉安回到家里发现床上熟睡着一对男女，他当时立即想到是妻子背叛了他,因此杀死了那对男女。结果他杀死的那对男女是他的父母,他们是远道而来看望他的。满心悔恨的他,为了赎罪给旅行者修建了一个收容所，而他也以“收容旅行者的人”(Hospitator 或 the gude herbejour)而著名。关于他的光辉事迹在早期的文学作品中可以看到很多,比如乔叟的作品:

大家注意听,什么都好的;
圣人朱莉安,哦,建造了一个收容所!
看,这是那个著名的房子,哦!
(《著名的房子》)
一所房子的主人,他是那样伟大
圣人朱莉安,在他的国家。

(《坎特伯雷故事集》)

在我们看来“朱莉安的 bower”(Julian´s-bower)这个名字也许是为了纪念这个民间英雄,也许是跟入侵的恺撒(古罗马的将军,政治家,历史家,公元前 100 年—公元前 44 年)或者是像其他地方记载的那样(见第十一章),跟他的护民官 Quintus Laberius Durus 有关。我们可以轻易地想象出某种竞赛或是仪式——朝圣者探索迷宫蜿蜒曲折的围墙的疲劳可以在到达好客的圣人那隐蔽的静居处而得到某种奖赏。

“当然他们可以在里面见到圣人朱莉安，这也是这些徒步旅行的人努力要寻找的。”(The Ancren Riwle，十三世纪)

当我们从本土的 bower 转到爱琴海文明中的 labyrinthos(实际上是原封不动地从古希腊文明中传到大多数现代欧洲语言中的)的时候，我们会发现自己如临险滩。因为这个词汇的来源恰恰是两个对立的学派(语源学派和语言学派)间近年来有诸多争论的一个话题。

在几十年前，我们还十分赞同大多数字典里大胆的解释——它可能跟 laura(表示一段通道，或我的，)有关；虽然也有另外一种看法——它可能起源于埃及，也就是从 Labaris (= Senusret III) 这个名字演变而来，被抄写员 Manetho 误解成了 Hawara pile 的建造者。

后来马克斯·迈尔又提出了一个假设——它可能与 labrys 有关，这个词汇在早期的小亚细亚语言（比如吕底亚和卡里亚）中表示斧头。而斧头是宙斯 (Zeus Labrandeus 或 Zeus Stratios，希腊神话中的主神，天堂的统治者，其他神和人间英雄的父亲)的象征。在卡里亚的 Labranda 曾盛行对宙斯的崇拜。卡里亚附近的古城 Mylasa 的钱币上就有一个手持双头斧的宙斯图形。

所以当亚瑟·埃文斯率领的探险队在克里特迷宫的遗址中发现大量的双头斧图像和它们具有宗教和象征意义的时候，真可谓一石激起千层浪。有鉴于此，后来所有自重的字典都把 labyrinth 起源于 labrys 这一条注释放在了显眼的位置。但是同时还有一些博学的学者不太接受这个观点，主要因为单字里 r 和 y

(希腊语中的u)的换位,据说这是史无前例的,另外还有后加的词尾-inthos。至于词尾,似乎现在学者中已经达成一致——这种词尾只出现在那些早期爱琴海地区的,被希腊人看作是北部入侵游牧民族征服或镇压的居民的语言中同化而来的单字中。

然而这个尾码只有在几个为数不多的普通名词(terebinthos=有松油脂的树,asaminthos=洗澡的地方)和地名Tirynthos(Tiryns,梯林斯:希腊南部一个古代城市,在伯罗奔尼萨斯半岛的东部,它保存有前荷马时代的宫殿遗址,还有一些史前建筑)和Corinthos(Corinth,科林斯:位于科林斯湾内伯罗奔尼萨斯半岛东北希腊南部的一个城市。在科林斯古城遗址附近,古城建于荷马时代,在公元前7世纪和公元前6世纪时是一个富裕的海上强国)中得以保留。

这个词缀相当于小亚细亚某些地名中的-nda,像labranda。也有些不值得一提的猜测:这个词汇与labros(伟大的)有关或是从古埃及的la-pe-ro-hunt(建在蓄水池口上的寺庙)演变而来。现在我们得出Labyrinth是双头斧的房子,暗含的意思就是克里特迷宫不是Hawara神庙的微型复制品(像我们从前认为的那样),而是因为跟克诺索斯的一个建筑相似而被赋予了同样的名字。

至于Labyrinth在我们语言里的这个含义,也许为早期和中期的教士们所熟知(透过当时接触到的古典作家的作品),只是这个用法没有在我们的语言中流传下来。在乔叟的作品里,也就是十四世纪,我们发现maze和labyrinth都出现了;但是后者显然指的是克里特的遗址,这个英语单字似乎表示的是某个为诗人的读者所熟知的事物，也许我们可以推测，是一个草皮迷宫样的建筑。

在很早的时候古典作家们就隐喻性地使用 labyrinth，中世纪的作家们也是这样的。比如，圣维克托的一名会员，沃尔特，在十二世纪末期的时候写过一篇论文，名为“反对法国的四个迷宫”，主要讨论的是被称为《句子》(*Book of Sentences*)的四本书里的神学理论，这些书篇幅巨大，纲要性地介绍了单纯的神学理论，由巴黎的主教彼得所写。

我们发现在文艺复兴时期这个名词，常用来比喻生活中的困难或者是恋爱中人的反常行为。

在莎士比亚的《亨利六世》(第一部，第五部，第三场)里，萨克福马伯爵曾为了他的王室主人向温柔的玛格丽特(Margaret of Anjou)求情，在玛格丽特走了以后，他大声喊道：

> 哦，为了你自己走吧！一旦是，萨克福马，待在这里；
> 你不能去那个迷宫 labyrinth 里漫步：
> 那里潜藏着米诺陶和邪恶的叛国者。

之后我们还可以看到类似的用法，多与书名相关。

在《特洛伊罗斯和克雷西达》(第二幕，第三场)中，瑟赛蒂兹在阿基里斯的帐篷前突然说了一段话：“现在怎么了，瑟赛蒂兹！什么，遗失在你的愤怒的迷宫(labyrinth)里！”

密尔顿说过“忘川，遗忘之河，翻滚着她水淋淋的迷宫”，蒲柏也说过“这些爱的迷宫里禁锢着他的奴隶”；但是其他各个时期诸如此类的比喻实在是不胜枚举,此处就不再赘言了。但是也许我们还是看出 labyrinth 和 maze 之间存在细微的差别之处,即使在它们的比喻性的用法中也是这样。Labyrinth 表示一个复杂的问题,需要付出时间和耐心才能解决;而 maze 则表示一种充满不确定性和模糊性因素的情况，需要具有更高的智力才能解决——简而言之，我们可以说这两个词汇分别代表的是一笔画型和多笔画型的设计图(见简介部分)。

这种差别可以让我们方便理解某些句子，比如利顿(Lytton Strachey）在他的《维多利亚女王》(第 178 页）中告诉我们，Consort 王子“努力穿越 labyrinth 般复杂的欧洲外交状况,结果却发现自己迷失在 maze 里。”

能够表示无论是自然还是人工的，外部或内部结构的复杂性,这个词汇被不同学科和艺术所采用。每个解剖学的学生都知道耳朵内部的 labyrinth，每个地质学学生都听说过石炭纪时代到三叠纪时代巨大的两栖动物，它们因为特别的薄片形牙齿而被称为迷齿亚纲动物(labyrinthodonts)。每个动物学家都很熟悉一种低级的原形质的生命，它们因为在生命期的某个时期会呈现一种迷宫般的网状外形而被称为 labyrinthulidea。就连工程师也发现使用这个词汇很方便，比如，他会说汽封 (labyrinth-packing)涡轮,这种设置可以在确保汽密性的同时允许一定的侧摆。

我们也许会说有时为了体现某些迷宫般的特性，艺术家代达罗斯(Daedalus)的名字和蜿蜒曲折的 Meander 河的名字也是科学领域里的一种命名方式,比如,一种很小、很普通的跟韧革菌(Stereum)在一起,长在腐烂的木头上的真菌,因为它的孢子有迷宫般的图案，所以被赋予了一个类名词般的名字——代达罗(Daedalea),而在自然学中美丽的脑石珊瑚(brain-stone)也被称为米安德纳(Meandrina)。

另一方面,maze 构成的复合词则多是古语词或是地方性的词,比如 Maze-Sunday,在德文郡方言中表示举行宴会的星期日；这样的复合词很少用于科学或技术领域。但是有时那种表面有皱纹的朦胧的玻璃片也被称作 maze-glass。

Maze 很可能源自于斯堪的纳维亚语(斯堪的纳维亚是北欧一地区,包括挪威、瑞典、丹麦、冰岛等)。它的最古老的含义似乎是一种迷惑或困惑的状态，或者是思想混乱的状态——这个含义在今天被看作它的比喻义。在瑞典和挪威语言中它表示做梦或者闲逛,或者是悠闲、懒散地漫步,还可以表示喋喋不休或者是闲聊。

早期的一些字典中解释这个名词是从盎格鲁撒克逊语中的 mase 演变而来，表示漩涡，但是后来发现盎格鲁撒克逊语中没有这个词汇。在不同的方言中它还是最初的含义。我们也许还会在乡村里的老者那里听到“我都看晕了”(It fair mazed me to see it.),这里似乎 a-这个音节脱落了,但实际上根本就没有。

在莎士比亚的作品里经常出现这种用法。泰坦尼娅在《仲夏夜之梦》(第二幕,第二场)中说道:

……春天,夏天,
幼稚的秋天,愤怒的冬天,更换了,

他们惯常的衣服；这个迷蒙的(maz'd)世界，

透过他们的成长，现在知道哪个是哪个了。

什鲁斯伯里的塔尔伯特在波尔多墙前他对可怕的海峡(《亨利六世》，第一部，第四幕，第二场)喊道：

哦，粗心大意的纪律！

我们怎么被禁锢在这里，

一群英国的胆小鬼，

因为法国杂种在他们的狗窝里乱叫就心慌意乱(Maz'd)！"

(见《亨利八世》，第二幕，第四场，第18行)

这里引用的词汇跟amazed不同，这一点我们可以从这段话的上下文和后面莎士比亚多次用到amazed的上下文中的比较中确定。Maze的动词用法在乔叟的作品中可以看到：

你，迷宫，迷宫，好，把她关押

我的感谢，这一点我已经让您看到。

(《商人的故事》，1，2387)

在一些方言的表达中，比如Mazed-antic和Mazegerry，我们发现它还有疯狂、野蛮或者没有头脑的含义。

它的比喻用法也出现在希腊语中。在《驯悍记》中Petruchio

宣称“我把自己投入了这个迷宫 maze,我会尽力地做一个妻子,尽力地成长。”“让我们,”蒲柏在《论男人》说道:

尽情地述说男人的情况,

一个有力的迷宫(maze)! 但是并非没有设计图的。

下面这个词汇跟我们提到的那些都没有关系,比如,霍尔·凯恩的小说《大法官》中:

九个迷宫(maze)——第一晚真不错。

这个词汇是 mease 的一个变体,表示 500 条青鱼的数量!

至于“Troy-town”这个词汇的起源,我们在第十八章中已经有所阐述。也许我们可以冒险地提出,梵语中的词根 dru(=run 跑)是这个与舞蹈或者仪式关系紧密的词汇的词源,但是它们之间的关系太模糊了。

我们不妨再回忆一下威尔士编年史里记载的那个公元前的古老传说,大意是:埃涅阿斯(罗马神话中的特洛伊英雄安喀塞斯和阿佛洛狄忒的儿子,他逃脱了特洛伊的劫掠并流浪了七年,后在意大利定居)的一个曾孙,名叫 Prydain 或 Brutus,与他从希腊人手中解救出来的特洛伊战俘们一起来到了这个国家,并在他们的帮助下在泰晤士河畔建造了一座城市,命名为新特洛伊(Caerdroi-Newydd)。

这个名字后来被误用为 Troinovant——因此在恺撒时代成

了 Trinobantes——后来被 Caerludd 取代了，这个名字是为了纪念与恺撒作战的 Caswallon 的侄子 Lludd 的。后来这个名字在撒克逊语中又被误用为 Lun-dun。

正如斯宾塞在《仙后》(iii,9)中所说：

> 高贵的不列颠人来自勇敢的特洛伊人，
> 新特洛伊城是在旧特洛伊冰冷的灰烬上建造的。

如果我们可以相信这个古老的故事的话，那整个伦敦城可能就是一个迷宫(Labyrinth)或特洛伊镇(Troy-town)，在他们的徽章上，还有什么图形能够更好地代表这个无比复杂的都市呢？

第二十一章

迷宫设计图和迷宫通路

正确定义的必要——实用中的界定(Practical Limitations)——迷宫的分类——单行网络与多行网络(Unicursal and Multicursal)，密集型与发散型(Compact and Diffuse Types)——分支模式——直线图表——关于克诺索斯图像的思考——围绕迷宫图案的线索——破解迷宫的原理——一语道破“记忆术”——汉普顿宫的哈里斯

迷宫设计图和迷宫通路

迷宫的设计图案实在是不胜枚举，我们甚至不需要扩大这两个术语的外延，就可以名正言顺地把它们都囊括在 maze 和 labyrinth 之下。在日常生活中我们可以随便用哪个词汇来表示人工设计的或天然的、回旋曲折的图案，或是任何错综复杂的小径和隧道。但是如果要认真地研究它们，首先必须要有明确的定义。我们在前面已经提到过，在这个问题上字典几乎无能为力。那么就让我们从迷宫的设计者和探访者的角度来看，我们在使用这两个词汇的时候要遵循什么原则。

首先我们的术语指的是人工作品，也就是说必须排除其他天然的 labyrinths，像森林、洞穴等等，而且如果我们的术语用来指代这类事物，那么就属于比喻用法。

第二，这类建筑还必须是有目的性的设计，这也是我们第一个条件的必然要求。这个目的可以是想象中天空里太阳的轨道，罪恶的轨迹，基督教里人生这场苦旅，设置一个迷题，脱离困境的喜悦，或是在最小的空间里设置最长的小径，无论如何，它必须有一个目的。孩子无意的涂鸦,或是墨水飞溅出来的痕迹,都被看作是偶然的天然回旋,而不是有意识的人类设计。正是因为这个条件,我们排除了印第安岩画,因为它缺少目的性,只能属于广义的 labyrinth。

(相信每个人都会清楚我们所说的"目的","设计"和"意图",除了那些沉迷玄学而又一知半解的人。)

第三,在设计上要有一定的复杂性,这个复杂性的程度很难定义,因为它还需要具体地跟其他因素综合在一起考虑。在一笔画型的 labyrinth 里,也就是只有一条小径,复杂性就在于转弯的多样性和它违背几何图形(回旋、Z 形曲折、螺旋)的程度;在一个迷题型的设计图案里,这也只是一方面的因素,还有一方面的因素是岔路的数量和安排。自然,通常在一笔画类型的设计里不会采用完全对称的图形,如果略加创意,也许可以得到一个赏心悦目的对称图形。

第四,图案的各个组成部分必须可以沟通,也就是小径必须是连续的。这里也不排除一个图案里封闭的"岛"的设计,只是想明确一点——这样的设计并不算是严格意义上的 labyrinth。

第五,在迷宫内部和外部必须可以连通。我们不会完全排除封闭的设计,但是会对此做出限定,比如,在 closed 的前面加首码。比如,在本书中提到的庞培的"迷宫般的房子"(Casa del Labirinto)里,美丽而复杂的镶嵌型人行道,虽然是为了模仿克里特迷宫而设计,但是它的图案却不是真正的迷宫。不仅仅因为它的内部和外部不能连通,还因为它的图案是纯粹的几何图形,无法满足第三个条件。

如果读者愿意，则可以根据以上条件自由构建自己实用性的定义，也许他根本不在乎别人是否会接受。但是不管怎样，他对此的了解要比从任何一个字典中获得的都清楚。

如前所述，根据 mazes 和 labyrinths 的设计原则，可以粗略地将它们分为两种：一笔画型(unicursal)和多笔画型(multicursal)，或者是非迷惑型和迷惑型。一笔画型至今主要是被数学家用来表示关于找出两个定点之间的最短路径，或者是在一个图形中找到两个定点之间的路线，并且只能在图形中连线一次(比如著名的"桥梁"问题)；但是不知道为什么我们不能用 unicursal 这个形容词(表示单程的或一条路的)来形容那些只有一条路径的图形，也不能用 multicursal 作它的对应词或反义词。我们不必严格地区分一笔画型和多笔画型，比如 Wing 的草皮迷宫(图 60)，我们就无法仅仅根据它一分为二的构成中心回路的小径就判定它属于多笔画型，因为它的小径本身就很庞大而复杂，就像波瓦第尔的迷宫(图 55)一样，本来不必这样设计，显然是出自一个平庸之辈。下面我们要介绍迷宫的各种设计图案，并将它们大致分类。

首先我们看到迷宫（为了方便起见，这里所说的迷宫包括 labyrinth 和 maze)可以是在一个平面里设计的，就像我们在一张白纸上看到的一样；也可以是在两个或更多的相连的平面里设计的，像埃及迷宫或者公寓楼。然后我们就可以给迷宫分类了：首先是二维和三维两大类。

因为大多数迷宫属于第一类，而且第一类和第二类细分的小类都是一样的，所以我们就不需要再介绍后者了，但是需要注意的一点是，如果要增加迷宫的复杂度，则可以建造隧道或桥梁,这样也就把二维迷宫变成三维迷宫了。另外一种分类就是把迷宫分成紧凑型和分散型。前者的典型特征就是整个区域都填充了小径,且所有的小径都有围墙相隔;而后者则不是所有小径都有围墙,并且有的围墙之间还留有空地,但这样的空地跟小径并不连通。在一笔画型的迷宫里,Alkborough 迷宫(图 59)就属于紧凑型;Pimperne 迷宫(图 63)则属于分散型。

汉普顿王宫里的迷宫(图 108)也属于紧凑型,而凡尔赛迷宫(图 87)则是多笔画的分散型。

根据小径,我们可以把迷宫大致分为弯曲型和直线型,也有一种混合型,就是既有弯曲也有直线的小径。每个种类的例子都可以在我们所提供的图形里看到。

多笔画型的迷宫可以根据小径分支的设置，也就是小径的分支是简单的还是分岔的（在小径的一个节点处又分出超过一个的分支,就被看作是分岔的);小径的分支是否又重回到主干线路,从而构成回路;是否——涉及到迷宫通路的非常重要的一点是——将迷宫的中心设置在回路中。

最后,我们给迷宫分成了不同的类别:在入口和中心之间是否有两条或者更多的路线;有两个或者更多的入口;没有明确的中心(像凡尔赛迷宫),或者是有两个或者更多的中心。我们可以用直线图形简要地描绘出任何一种迷宫的线路图：迷宫的小径由直线来表示(如果需要的话还可以按照一定的比例),岔路则透过代表迷宫入口到中心的主要路线两侧的支线来表示，至于迷宫里小径的具体方向以及某些部分发生的方向变化则无法表示。

那么一笔画型的迷宫就可以用一条直线来表示了。图 129 和 130 粗略地勾勒了汉普顿王宫的迷宫和 Hatfield 迷宫的线路图，可以跟图 108 和 86 相比较。三角形和圆形分别代表迷宫的入口和中心。这样的线路图甚至可以像真正的迷宫设计图一样作为探访者的向导；事实上，它们也很容易识别。

关于克诺索斯钱币上图形的来源和意义，每个时期都有各自不同的推测。其中一个是三十年前《知识》的一个投稿者提出来的（他的观点跟十年前一个德国作家的很相似）——钱币上的图形是一个类似我们上面提到的那种简化的线路图。

按照这种说法，这个图形应该就是迷宫的实际向导图，钱币的图形可能是从那个建筑的牧师或者管理者分发的“纪念性”代币复制而来，表示的是迷宫的正确通路，而其他的岔路则都被省略了。

为了构成像钱币图形中那样宽度一致的通道，我们把环形的隔墙切开，然后就得到了一个十分复杂的迷宫线路图，据说这

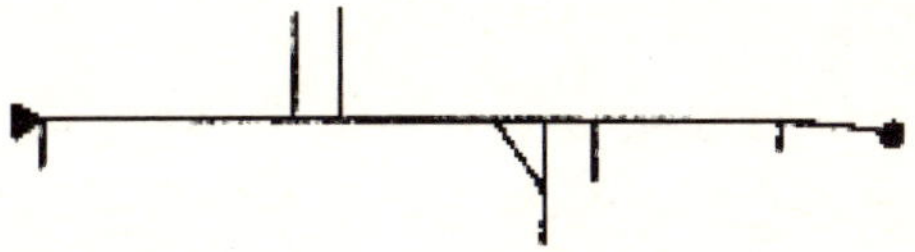

（图 129）直线图，汉普顿王宫的迷宫。

（图 130）直线图，海特菲尔德迷宫。

个线路图跟迷宫的图形相似。

另外,同一个时期 E·克劳兹博士在一书中演示了,克诺索斯图形和其他的几个一笔画型的图形可能透过一两种简单的交叉接合的方法(图 131 和 132),是从一系列的同心圆中演变出来的,只是在有些地方被一些放射形的直线切断,就像十七章中提到的北部地方的岩画中的图形那样。

这些推测给我们提供了很大的想象空间,但是必须注意,它们只是推测,不是事实。

上面介绍的直线图不但极大地推动了现有的迷宫研究,还十分有助于设计新迷宫,这里就不再赘言怎样设计迷宫了。当然这也跟其他技术一样,需要具备常识、耐心和实践,实际操作要比纸上谈兵更加清楚。

至于树篱迷宫的设计,由于情况跟以上两种完全不同,造成了它具有很大的自主性和创新性。树篱迷宫里的空间会有严格的限制,或者是很别扭的形状。构成围墙的材料,在对生长和培育所需要的空间要求方面,也存在很大的差别,这也影响小径的面积。

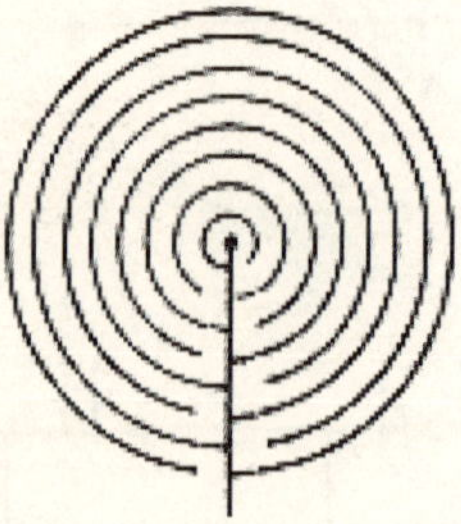

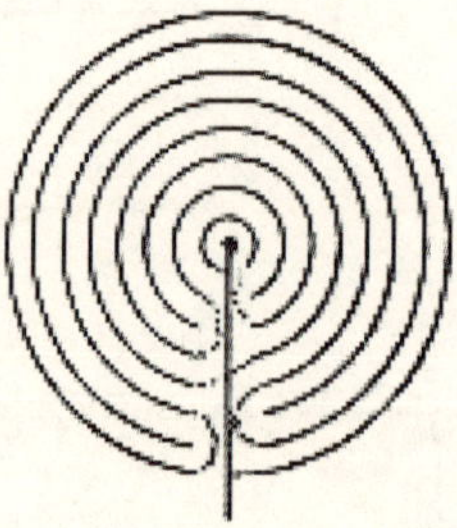

(图 131 和 132)根据岩画图形而复原的迷宫图形。(命名为克劳兹)

这里有一两个我们需要了解的具有普遍性的重要原则。例如,如果设计师的目的是建造一个迷惑程度高的,但又不能造成探访者过度疲劳的迷宫,他就必须要保证从迷宫中心到迷宫外部的最短路线距离适中。如果迷宫占地辽阔,那么设计上就要避免过于繁琐。

另外一个会破坏设计的因素就是其间没有任何转弯和岔路的漫长的直线信道;这样的通道单调乏味、惹人厌烦,尤其是如果前面有死路需要折回的情况。

在幅员辽阔的迷宫里,为了避免单调,可以偶尔变换树篱,比如建造藤架凉亭,摆放雕像等等;但是这些装饰以不能提供明显的线索从而破坏迷宫的主要目的为前提。

如果迷宫也可以让人俯视的话,那么在设计上就有对称或者艺术因素的考量。通常会建造一个有利地点,在那里有个管理人员或者专门人员可以引导困在其中的探访者,如果探访者可以到达这样的有利地点的话,那么树篱偶尔就要有些小山或者障碍来隔断,以防止有些人透过不公平的方式闯过迷宫。Saffron Walden迷宫就是这种类型;而汉普顿王宫的迷宫里没有障碍物,但是只有管理人员才可以登上观望台。

闯过迷宫的意思就是找到通往目的地的正确通路。("目的地"要比"中心"好些,因为有些迷宫的目的地并不是它的中心,而是被有意移开了)。

如果说"最短线路"那就有点偏离了,因为只有在设计图上或通过长期体验才能发现,而迷宫的目的地通常只要通过某种方法,而不是随意的乱闯,就一定能很快地被人们找到。

闯过迷宫,这个话题吸引了无数数学家的兴趣,但是我们无意深入其中,只是讨论几种简单的方法。

一般情况下,我们不会随便选择不同的路径。但是如果可以的话,可以通过有意识的安排而避免走重复路线——也就是,每个方向只走一次——所以无论什么迷宫,我们最后必须到达目的地,虽然也许选择的不是最短路线。

我们用“节点”这个词汇表示岔路的一点,如果岔路口有奇数的,或偶数的小径,就分别被称为“奇数的”和“偶数的”节点,每个节点至少有三条小径构成,因为两个小径相遇在一点,则只会造成小径方向的改变而不会构成岔路。而如果只有一条小径则更不会被称为岔路,只会出现在山谷的尽头,或迷宫的入口,或者目的地。然而我们发现如果把后面的那种设计当作最低等级的奇数节点就很方便,而最低可能性的偶数节点则是在四个小径的交汇处。

显然,如果只有入口和目的地是奇数节点,那么这个迷宫要么是一笔画型(在前面已经提到过这个术语),要么是在主要路线上有岔路构成回路;无论哪种情况,我们都不可能一次闯过迷宫,也就是说,必然会在某个方向的小径走两次。

假设我们可以作标记,而且不用担心这些记号会被人擦掉,就可以采用下面的办法:每到达一个没有记号的节点,我们就可以确认之前没有来过这里,那么在我们刚刚走过的那个小径上做三个记号;如果在这个节点的另外一个小径上看到了记号,那么就在我们刚刚走过的小径上做一个记号。如果这个节点的小径上都已经有了记号,那就意味着我们已经完全探索过这个节点了，必须顺着刚刚的小径返回。如果这个节点里还有一个或者更多的没有记号的小径，那么我们可以随便选择一条，当走进这个小径的时候，在那里做两个记号。

现在如果我们设定一个规则，那么就可以确定我们探索了迷宫的每个角落：每当到达一个节点的时候，不要选择已经有了三个记号的小径，除非那里没有其他的小径或者只有一个记号的小径。如果选择了一个只有一个记号的小径，那么在离开这个节点的时候必须再加上两个记号，这样它就成了一个有了三个记号的节点了。

在有些迷宫里，比如特修斯迷宫，无法做记号，也无法使用线团的时候，通常就可以透过非常简单的办法到达迷宫的目的地——在进入迷宫入口的时候就把一只手放到树篱上面，然后同一只手一直摸着树篱。隐蔽的转弯也不例外，因为无论怎样也只有两个方向可走。探访者通过触摸树篱的方法可以在节点的时候避免选择路径的难题。

唯一不适用这种方法的情况就是迷宫的目的地位于回路里。因为使用这个方法的探访者会发现又回到了迷宫的入口而没有到达目的地。此时必须采取其他的策略，但是除非可以使用线团或者是上面介绍的做标记的方法，否则无计可施。当然有时只要记住适用于某个迷宫的一套规则，比如汉普顿王宫的迷宫，“左，右，右，左，左，左，左，”这与迷宫的设计图基本吻合，也可以成功地闯过迷宫。但是这样的记忆方法，除非是完全准确，否则很难奏效。

哪个曾感受过《三人共舟》所带来的欢乐的人会忘记过于自

信的哈里斯在自愿为外地人担当向导来闯过汉普顿王宫的迷宫时的窘境呢？“我们马上就要进入迷宫了，”他说，“以后你可以说我来过这里了，其实很简单。把它称作迷宫很荒谬。一直沿着右面的第一个转弯走。我们十分钟就可以走回来，然后去吃午饭。”

可怜的哈里斯！

第二十二章

文学作品里的迷宫

传奇、神话和寓言——迷宫题材作品——文学异化的迷宫——唯灵论与神学中的迷宫——爱、迷宫与匿名（Love, Labyrinths, and Anonymity）——当代作品中的迷宫——纹章（Emblems）——迷宫冥想（Melancholy Meditations in the Maze）

文学作品里的迷宫

Maze 和 labyrinth 所具有的浪漫气息和神秘色彩一直吸引着众多的小说家，他们从中选择一两个作为小说的主题，或者是小说里的某个情节的发生地，或者是以此作为名字来吸引读者。

在前面的调查中曾提到过几个类似的例子，如果读者有足够的耐心，我们可以再列举几个例子，当然绝不是仅此而已。

大多数以此为名的书都是寓言性与浪漫性共存，但都是寓言性多于浪漫性。

十五世纪西班牙诗人 Juan de Mena，受但丁《神曲》的鼓舞，创作出名为 *El Laberinto* 的冗长寓言诗。这本诗集在 1496 年出版于塞维利亚，是神学、占星学、世界历史的奇怪混合。诗人由一个美丽的象征着神圣天意(Divine Providence)的妇女带领，漫游三个巨大的同心圆形的地区，分别代表过去、现在和未来。诗里还涉及到七个行星，分别用来命名诗歌的七章。

无疑在那个年代这本诗集吸引了很多读者，但是在今天它显然不是我们带去度假的好书。

在这本诗集出版几年后，法国游吟诗人 Jean Bouchet，也许是因为嫉妒那本书的作者所获得的荣誉，也出版了一本举世震惊的大约由四五千个诗节组成的神话史诗，名为《财富的迷宫》(*Le Labyrinthe de Fortune*)。在这本书里有一位象征想象的女子来作向导，她的目的是让诗人，或者是通过诗人使读者看到人类正在逐渐失去本来所拥有的一切，变得无才无能。

1769 年法国里昂一本《寓言性的迷宫》问世——也许我们应该记得在这个时期里一些最好的教堂迷宫被毁，它们很可能就是我们少年时期那些教会学校照片的原型。这本书描述了一个“精神迷宫，里面有四条优美的河道，分别象征着(1)人间天堂里的四条河流和人类在进入地狱前的快乐时光；(2) 河流的曲折，象征着人生中会遇到的困难与挫折；(3) 迷宫的尽头与入口重合，象征人类从泥土中来，最后又归入泥土，这也是人生的一大原则；(4)河道里有益健康的河水代表上帝的仁慈，在那里堕落的灵魂可以得到救赎。”这幅虔诚的设计图上的标记是“BELION 所作”。

图 133 所展示的一组混合的粗糙意象是从 1630 年德国出版的一本寓言性的诗集里的标题复制来的。标题里提到的国王据推测是波希米亚的弗雷德里克一世。

涉及到语源这个问题，参照前面提到的圣维克托的沃尔特所著的《论反对法国的四个迷宫》，我们发现神学领域里口头或精神思索中这个词汇的意思跟大约五个世纪后 Thomas Carwell (或者绍洛德)所写的一本书的书名的意思一样。1658 年在巴黎出版的这本书的全名是 *Labyrinthus Cantuarensis* 或者 *Doctor*

（图 133）寓言性的迷宫。（德国印刷，约 1630 年）

Lawd´s Labyrinth，系已故坎特伯雷大主教和费希尔等之间的谈话。

其中清楚地表明了罗马天主教的立场、天主教和新教之间的主要分歧，以及主教向公众宣扬的观点。

“迷宫”，根据哈兹利特（1778 年—1830 年，因犀利的文学批评而闻名的英国散文家，他的作品包括《莎士比亚戏剧中的人物》）的《文献集》，是詹姆士一世之前的时期在剑桥上演的一个拉丁喜剧的名字。也许这跟佩皮斯在他的日记中（1684 年 5 月 2 日）提到的戏剧有关，“乘马车到皇家大剧院去看‘迷宫’……非常无聊，我觉得我所看到的空洞无物，只有一些奇怪的情节，一个女人穿着男人的衣服，而一个男人穿着女人的衣服。”

有时书名里出现的 labyrinth 这个词汇相当于某个领域里的“辞典”或“知识要略”。在本书第十三章里提到的 Didymus Mountayne（汤玛斯·希尔）的 Gardener´s Labyrinth 里就是这个意思。迷宫只占本书其中一小部分，仅仅是园艺师的介绍或者 vade mecum。在此之前的书 *Labyrinthus Medicorum Errantium* 或

Labyrinth of Lost Physicians 也是同样的含义。

此书是伟大的瑞士捐献者，炼金术士帕拉塞尔苏斯(1493年—1541年，德国瑞士籍炼金术士和医生，他把疾病这一概念引进医学，认为疾病是分割身体的外用药剂的结果，而不是体内失调，并主张使用药物抵抗致病药剂)最后的作品之一，在他死后十二年，1553年出版。

波兰教育改革家 Komensky，也就是夸美纽斯，(1592年—1670年，捷克斯洛伐克神学家和教育改革者，坚持科学提高而不是威胁神的权威的理论)也出版了一本类似的 *Labyrinthus*。后来这本书被翻译成了英文，名为《世界知识和人间天堂》(*The Labyrinth of the World and the Paradise of the Heart*)。

僧侣 *Eberhard of Bethune* 在大约公元1212年所写的 *Labyrinthus* 或 *Laborintus*，也被称为 *De Miseriis Rectorum Scholarum*，详细论述了作诗法和教学法，书中反复感叹教师的悲哀，在今天的年轻教师中也会产生共鸣。

蒲柏说道，“他努力获得的这些知识中的爱遗留下来。”他用的只是一个很古老陈腐的比喻，我们在这里引用这句话，是因为它经常出现在一些书名里。1593年弗莱彻(1579年—1625年，英国剧作家，与法兰西斯·博蒙特合写了多部浪漫主义悲喜剧，包括《菲拉斯特》和《少女的悲剧》)，一位戏剧家的叔叔，写了一首名为《情人的迷宫》(*A lover's maze*)的很有独创性的诗。

他的另外一个戏剧《雪丽》被命名为《爱在迷宫》(*Love in a Maze*)，在1662年5月22日佩皮斯曾观看过这部戏剧的演出。佩皮斯说道，“这部戏剧没有什么内容，但是 Lacy 扮演的那个乡下小伙子真的很不错。”1611 年一个法国诗人出版了名为《迷宫中的恋情》(*Le Labyrinthe d' Amour*)的一组诗,但是他谦虚地隐藏了自己的姓名,只用姓名的字首来代替——“H.F.S.D.C”。一个半世纪后另外一位法国作家,一个与此同名的喜剧歌剧的作者,也同样谦虚地使用了姓名字首——“T.M”。

我们几乎可以确定人们认为把自己的名字跟这类题目联系在一起似乎是很不体面或者是很危险的事情,因为 1815 年出版的另外一组诗的作者也同样地隐藏了自己的姓名,这组诗名为《迷宫》(*The maze*),以 Cowper 的一句话开头:

来来往往,沉浸在知识的迷宫中。

maze 或 labyrinth 在今天仍然被用作描述性或比喻性的书名,我们可以找到很多这样的例子,像亨利·伍德夫人的《在迷宫中》、E.J.Tiddy 的《Scilly 的迷宫》、A.L. 斯图尔特的《迷宫》、R. Murray Gilchrist 的《迷宫》(也许还应该提到在这本书中占很大篇幅的十一个楼梯的老房子),最后一个不可否认的描述性的例子是 S. 司格特的《人类迷宫的生理学知识》(*The physiology of the human labyrinth*)。

我们在第十九章介绍美丽的罗莎蒙德的时候已经提到过 O. W.F.Lodge 的戏剧——“迷宫”。马丁·阿姆斯壮也出版了一个充满幻想的散文集——《木偶戏》,其中一篇的题目也是“迷宫”。

意大利飞行员诗人 Gabriele d'Annunzio,他对爱国主义的定义在一战时候令他的国家十分尴尬,他的小说《也许是,也许不是》的封面设计却是恰到好处，引人入胜：是一个典型的方形一笔画型迷宫，迷宫中的小径颜色略为深重，书名采用的是大写印刷字体。Isabel Ostrander 小姐最近的一本小说的封面设计也很新颖：前面是一位女子，她的身后是汉普顿王宫的迷宫平面图。

Rudyard Kipling 在他自己称为《这样的故事》那个很有趣的超乎常理、异想天开的作品集里，在为其中一个名为“玩耍的螃蟹”的故事作插图的时候，展示了一种古怪的迷宫设计，在他的书中被称为“巨大的米兹迷宫”。

为免哪位恰好熟悉 A.T.Quiller-Couch 的小说《特洛伊》的读者会被误导，而出现古文物研究者那样的期望，我们不妨说特洛伊与草皮迷宫的关系不比与之同名的 1920 年惨遭不幸的著名赛马的多，甚至某种意义上来说是更少。

它指的是在他的《特洛伊市长》里康沃尔郡的那个同名海港，那里的市长在当地居民中很受欢迎，在第二年里将他称为前任市长。

寓言和奢华的象征主义在十六和十七世纪十分盛行，这在当时出现的很多基于 Andrea Alciati(1492 年—1550 年)的作品、名为《徽章》的小册子中可以得见，正如我们猜测的那样，这类作者从迷宫那里获得了很多灵感。例如，荷兰人雅各·凯辞和诗人法兰西斯·夸尔斯(1592 年—1644 年)的小册子，就像 Alciati 的那些一样，非常流行，出现了多种版本，而且还被翻译成多种欧洲语言。

在第十二章中，我们还曾提到法国作家克劳德·帕拉丁的作品集里的迷宫徽章。另外一种迷宫出现在夸尔斯的《徽章》中(例如,在1635年的版本中,第四卷,第二页)。上面展示的是一位妇女从一个看似高大的树篱迷宫的中心走出来，而迷宫的路径是在树篱的顶端!她一只手拿着一根木杖,另外一只手拿着一根绳子,绳子的另一端由一个天使牵着,天使站在远处的一座圆形的高塔顶端。

一条曲折的小径从塔底延伸到迷宫的入口。时而可以看到一些不幸的人从墙上滑到下面的裂缝里。跟这个图片在一起的还有《诗篇》(圣经旧约)里的一段话(有拉丁语和英语):“Oh that my Wayes were directed to keep Thy Statutes.”其他徽章书册中经常出现的迷宫设计都很简单，看起来很像一个低矮平坦的堡垒或者是一个倒置的饼干罐。但是在雅各·凯辞的作品里出现的则是一种非常实际的设计。

如果篇幅允许,或者有所需要的话,我们还可以介绍更多与迷宫有关的文学作品。同样,在艺术领域里涉及到这个主题的作品也有很多。而且关于克诺索斯钱币上的图形与十字架、古代的十字太阳标志，以及它的各种变形（三曲枝图和四曲枝图)、圆形、螺旋形等等之间关系的推测也有很多;对这方面感兴趣的读者可以阅读更加专业的考古学方面的文献。至于艺术领域里迷宫图形的有趣之处我们已经在正文或者插图中提到，本书对迷宫的介绍也正是按照这个顺序进行的。

第二十三章

杂记与结语

迷宫收藏家——神异之地的迷宫——纸上迷宫与沙地迷宫——镜子迷宫——变幻无常的绿篱迷宫——迷宫模型——“话说”迷宫(A Verbal Labyrinth)——地名中的迷宫——保护某些古代纪念碑的吁求（A Plea for the Preservation of some Ancient Monuments)

杂记与结语

在 1857 年的《考古学年报》中，据说 evreux 的勃尼收集了不下 200 种迷宫的设计图，其中涵盖了不同的民族和不同时代的迷宫，而且编辑也承诺说一旦与之相关的文字内容整理就绪，就会选择一部分迷宫复制出来。《年报》的编辑还提到了 Campana 侯爵的宫殿里的一幅十六世纪早期的木头上的图画，画上描绘的是特修斯的传说和一个与罗马的 Aquiro 圣玛莉亚迷宫相似的迷宫。这是当时的描述，但似乎事情就到此为止了，因为再也没有关于此事的后续消息。

亚伯特·卫在他对 1858 年出版的特罗洛普博士的迷宫的论文集所作的注释中，除了提到迷宫的盛行和苏格兰的“特洛伊镇”，还提到了在 craigmillar 城堡的一个大厅视窗旁休息处的石头椅子上雕刻的迷宫。

根据 1877 年瑞典的一个出版物，在西哥特兰岛的一个教堂的许多钟上都雕刻有迷宫图形！

作为一种娱乐方式，树篱迷宫是最典型的形式，但绝不是唯一的形式。

前面提到在英格兰和威尔士的许多地方，都有一种在草皮上修剪“特罗伊镇”的活动。而我们几乎都熟悉上学时代的那些游戏，在白纸上或者是在石板上画出迷宫；设计者的目的与“特洛伊镇”的建造者截然不同，在此设计者会竭尽全力发挥自己的创造性，设计出复杂无比的迷宫，而后者的设计者仅仅是设计一个传统的一笔画型的迷宫，为某种仪式或竞赛而用，就像九子棋的方格和跳格的图形。

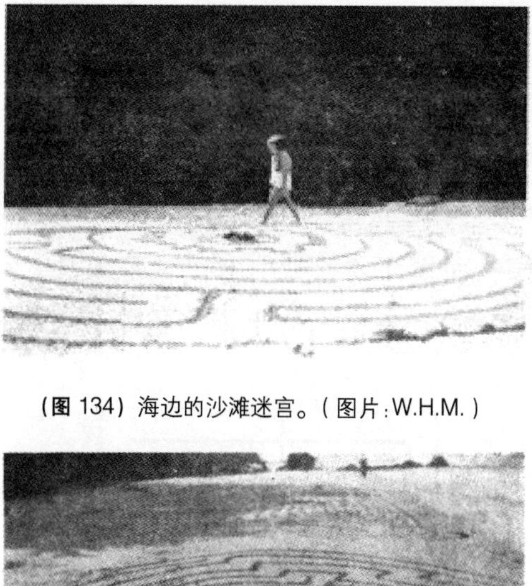

（图 134）海边的沙滩迷宫。（图片：W.H.M.）

（图 135）海边的沙滩迷宫。（图片：W.H.M.）

树篱迷宫的一个独创性的发展是摆放着镜子的室内迷宫的出现,这也极大地增加了迷宫的复杂度。这样的"镜子迷宫"经常出现在展览会上。

充分利用迷惑型迷宫的另外一个方法，对在海边照料小孩的父母和保姆们来说也是非常有价值的方法，就是在沙滩上画出迷宫的图形,尺寸要合适,正好可以让孩子的小脚在迷宫的小径中穿行。图 134 和 135 是 1920 年的夏天在南部一个著名的度假胜地的沙滩上造出的迷宫。图片中的迷宫是在人烟稀少的一处海滩上建造的,是在孩子们发现它之前拍的照;否则虽然会得到更加有生气的照片,但是也许就看不到迷宫了。

图 136 是作者 1921 年 5 月 25 日在米德尔塞克斯郡的 Eastcote 的肯尼士(Kenneth Goschen)的花园里,为当地教堂募捐而举办的游园会而设计的一个小型临时迷宫。这个迷宫是由六英尺高的冷杉树桩和榆树树叶上面覆盖电镀铁丝网而构成的。

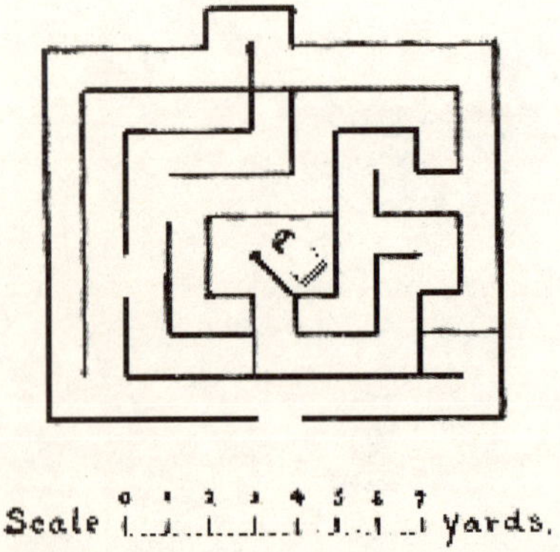

(图 136) 乡村游园会的临时迷宫。(W.H.M.)

在入口处有一个传统的迷宫设计图，暗示迷宫的正确通路，但是为了迷惑探访者，这个设计图与真正的略有差别，设计图的下面还有一段话：

当心可怕的米诺陶，他隐藏在迷宫里。
这个怪兽以人血和人骨为食，那是他杀死的人们。
悄悄地在迷宫里爬行，不要跟他争斗，
悄悄地看他一眼，随时准备跳起去逃命！

在迷宫中心还摆放着一把椅子，就在树木环绕的镜子对面。

有些读者也许还记得许多年前出版过一本颜色明艳的迷宫和古怪图案的平版画，价钱大约是一两便士。作者见过一本在布鲁塞尔出版的剪贴簿，里面就有这类的图片。一些迷宫里的“结”还摆放了各式各样的东西，根据上面写的指令，必须按照一定的顺序来走。还有一种被称为 Le Jardin Chinois 的设计，通常上面几乎图满了光谱的所有颜色。虽然它没有什么典型的中国特色，但是在欧洲也绝对找不到与之相似的设计。在玩具店里也可以买到这样的迷宫：图案裱糊在纸板上，在路径之间会留有空隙，根据竞争者投掷的骰子来移动筹码。现在玩具和竞赛的设计者们也对迷宫做出了许多独创性的应用。

现在市面上最流行的游戏大概是“养尊处优的猪”：里面是一系列的有缺口的同心圆墙，最里面的一层是中心，游戏者应该把所有的弹珠（一般是三个）都滚到这里，墙的上面有一块玻璃

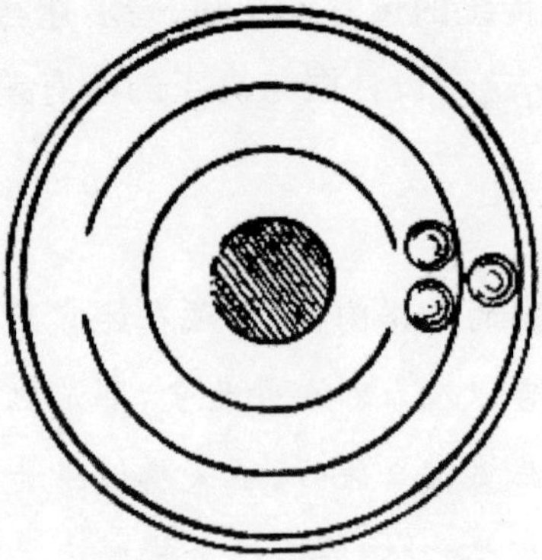

（图 137）A.Brentano 设计的迷宫玩具。（After Patent Specification）

覆盖(见图 137)。这个玩具是 1889 年 A.Brentano 发明的。要想同时把所有的弹珠都滚到中心则需要一定的技巧。图 138 是另一个类似的玩具。这是一个脊构成的十分复杂的迷宫,在迷宫的脊之间游戏者要把一个球或者是水银球从 A 点滚到 B 点,或者反过来。这是 1891 年 S.D.尼克斯发明的。

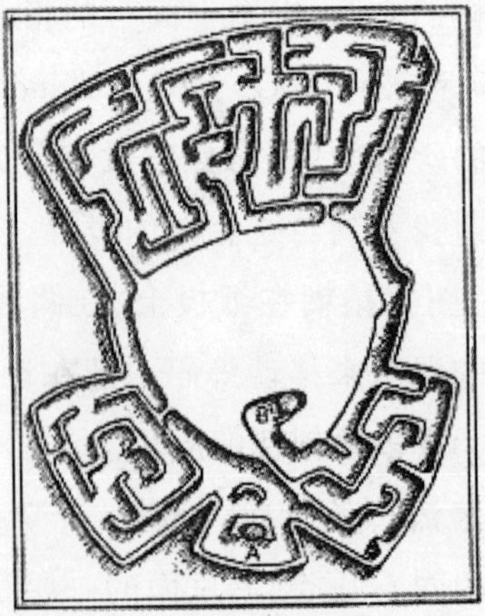

（图 138）S.D.尼克斯设计的迷宫玩具。（After Patent Specification）

还有一个类似的设计，只是改用磁力为动力，这是1894年J·M·阿诺德设计改进的，见图139。这样的迷宫不是平面的而是有点浅浅的拱顶；弹珠是铁质的，它的移动不是靠倾斜盒子而是

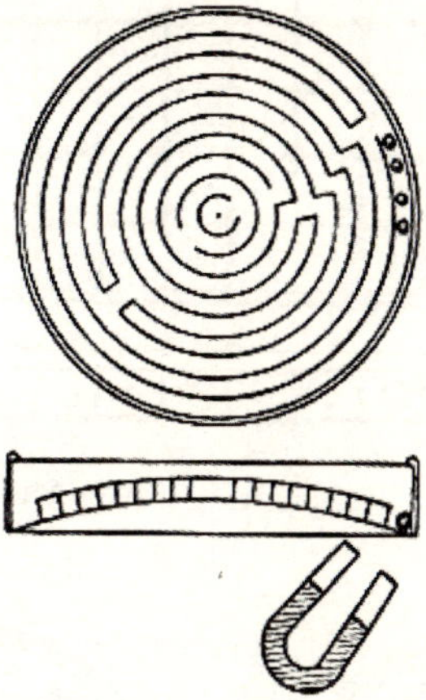

(图139) J.M.阿诺德设计的迷宫玩具。(After Patent Specification)

靠移动下面的磁石。R.A.卡斯伯特和W.贝维特在1889年申请了一个名为“闯迷宫的人”玩具的专利：一个封闭的小盒子，里面有一个可以滚动的小球，但是盒子里面的构造只能透过盒子上面的暗示得知而无法看到。“闯迷宫的人”在他的旅途中是看不到路的。

大约在同时期，J.Proctor也发明了一个类似的玩具，但是在这个玩具里移动的小球可以透过玻璃盖子看到，迷惑之处在于连通相邻空隙的圆孔尺寸不同，大孔恰好可以容小球通过，而小孔则不行（见图140）。这类玩具中最复杂的当属1906年H. Bridge的发明，见图141。

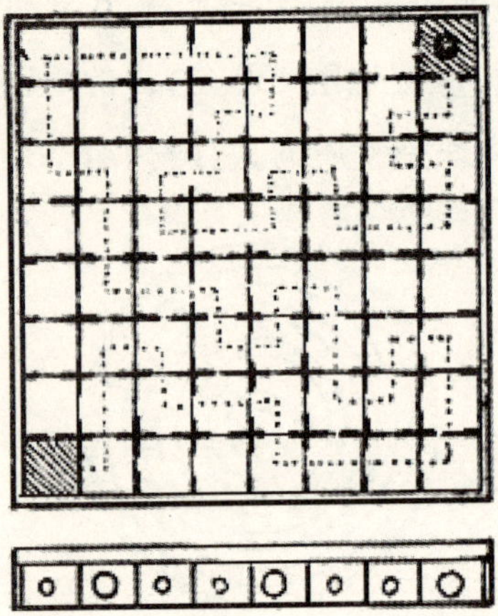

（图 140） J.Proctor 设计的迷宫玩具。（After Patent Specification）

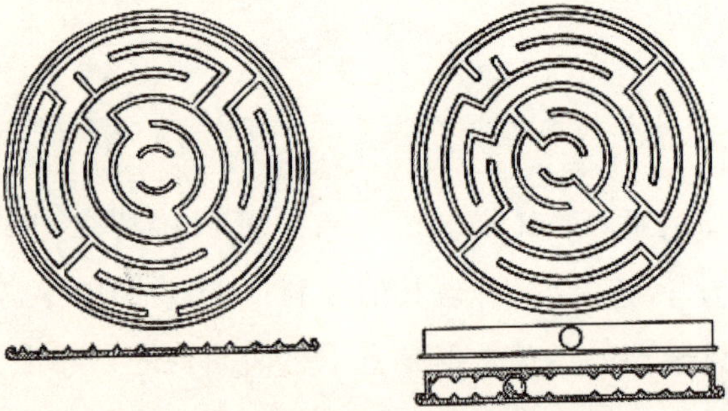

（图 141） H.Bridge 设计的迷宫玩具。（After Patent Specification）

这个玩具里的小球可以穿过一个设置在底部的迷宫和另一个设置在透明的盖子上的迷宫之间的空隙。玩具可以是圆形也可以是长方形。如果是圆形的，盖子通常是旋转的；如果是长方形的，盖子则是从一面滑到另一面的。这个设计者申请的专利还包括另外一个在“万能”原则基础上设计的玩具，用圆环来代替小球,加上两个或者更多的迷宫组合。

它现在仍然存在，为了让有爱因斯坦倾向的发明家们有发挥的余地！1917 年一位奥地利生物学家做了一项很有趣的、称为“迷宫生理学”的小研究,这个研究与他的“动物王国里的有效进化”密切相关。这个研究由一系列检验动物学习搭建迷宫来获得食物的有效性的试验组成。图 142、143 和 144 揭示了小白鼠在这方面学习的三个阶段，虚线表示动物从入口到放有食物的

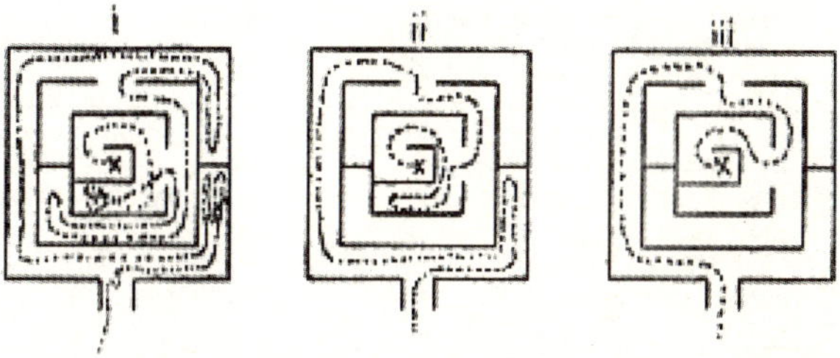

(图 142,143 和 144) 迷宫里小白鼠的路线;三个阶段。(Szymanski)

简单迷宫中心的路线。

在十八世纪的法国也流行一种叫作“迷宫”的游戏,这种游戏的乐趣也在于成功地通过。

在法国,“迷宫”也是一种儿童游戏的名字。在游戏中大多数孩子都要高举双手,组成一个拱形的链条,而两名穿行的孩子则分别被称为“织布工”和“梭子”。

1874 年一位到位于巴勒斯坦的卡梅尔山顶的拉丁女修道院的拜访者曾描述过那里的一个“文字迷宫”,他是在一面室内楼梯的墙上悬挂的板子上看到的。这个迷宫被称为“圣伯纳德的迷

宫”,迷宫由许多安排在一个方块里的单字和短语组成,如下所示。如果按照正确的顺序来选择词语，那么就可以得到五句格言,“可以令人的生活更加美好”。第一句格言从左手边最下面的单字开始:Noli dicere omnia quae scis quia qui dicit omnia quae scit saepe audit quod non vult. 其余四句格言可以以同样的办法得到:都是将最下面一排的单字与第二、第三、第四和第五排的分别组合:

DICERE	SCIS	DICIT	SCIT	AUDIT	NON VULT
FACERE	POTES	FACIT	POTEST	INCURRIT	NON CREDIT
CREDERE	AUDIS	CREDIT	AUDIT	CREDIT	NON EST
DARE	HARES	DAT	HABET	MISERE QUAERIT	NON HABET
JUDICARE	VIDES	JUDICAT	VIDET	CONTEMNIT	NON DEBET
NOLI	OMNIA QUAE	QUIA QUI	OMNIA QUAE	SAEPE	QUOD

作为文字迷宫,与国会一般的 At 相比,这个似乎非常简单易懂。为了简要起见,这里我们讨论下一个问题,虽然在本书之前相对刻板的章节——地名的问题中有所涉及，但是基本上仅列出了参考文献未做任何讨论。

正如前面提到的，仅仅依靠一个与迷宫有关的地名很难证明在当地曾经存在过迷宫。因为这样的名字也很有可能是一个与此意义完全不同的古老单字的变体,也可能是某个人名,也可能仅仅是想象出来的，也可能是因为与某个地方相似而因此得名。

由于缺少充足的证据，我们只能说这个名字显示这里曾经存在过迷宫。本书十五章中提到的在自治区附近的伦敦人都很熟悉的“迷宫池塘”，就是从一个古老的迷宫庄园得名的，这个庄园在十五世纪的时候是 John Burcestre 的领地。一个古老的代币上面的题字这样写道“迈克尔·布罗尔，迷宫，南沃克。”然而到底是何种迷宫曾经在此，我们不得而知。

有些人认为迷宫山就是因以前的格林威治皇家宫殿的花园里的迷宫而得名的，但是过去它的拼写并不是这样的，因此可能是有其他的渊源。海斯特 1778 年的《肯特郡史》，它的名字是米兹山(Mease Hill)，而且据书中所载，这个名字起源于凯尔特语中的 Maes，是“田野”的意思。在赫特福德郡 bishops stortford 附近的地方也有一个迷宫。很可能过去它也是一个草皮迷宫，就像 Saffron Walden 的那个，年代并不久远，但我们却找不到任何相关的证据。

在爱尔兰的 lisburn 西面几英里的地方，有两个地方分别叫作“迷宫”和“迷宫镇”：前者是安特里姆郡的一个小村庄；后者是郡里一片开阔的高地上的赛马中心。

我们前面介绍过“特洛伊镇”也是一个地名。在多西特的多尔贾斯特和 bere regis 附近也都有一个迷宫。据说它们过去都曾是草皮迷宫，但是却没有权威的记载。在肯特郡的 Hastingleigh 附近和罗彻斯特附近也都有同名的迷宫。据说后者是为了纪念在这个城里的它的十分富有的主人或者建造者，而他的名字恰好也叫特洛伊。Peckham 的一部分也叫作“特洛伊镇”。Labyrinth 这个词汇则很少用作地名，但是在 1911 年 2 月司格特船长在南冰洋一处扎营的时候，有鉴于四周无比错综复杂的环境，他将营地命名为“迷宫营(labyrinth camp)”。

现在我们可以做一个总结。关于迷宫的演变和应用，我们介绍得已经足够多，但是显然迷宫研究尚未到此为止。至于迷宫的早期历史和名称，我们仍是一头雾水，这反而给我们提供了深入研究的兴趣。这方面的调查把我们带入了一个远离现代生活的领域里，只有经过专门的训练才能够正确判断、评价我们所得到的资料。这也让我们得以对考古学家、人类学家和语源学家的工作略知一二。

对迷宫发展的研究让我们回顾了艺术和文学发展的不同阶段——古典、中世纪、文艺复兴和现代，甚至在今天迷宫仍然独具魅力，不断地唤起我们的发明灵感。迷宫的研究尚有很大空间，关于迷宫发展的不同历史阶段的研究仍然会有很多有趣的发现。

至于迷宫研究的未来，我们认为会更加具有实用性的价值。虽然我们不敢确保人类的创造力会带来什么样的结果，仍然期望这里的结论不会给人留下荒谬的印象。以防读者误以为我们的结论不具有实际意义，在此想再次重申本书序言部分的观点，就是熟读这本书至少可以确保我们对那些保留在草皮迷宫里的乡村狂欢和史前武术的兴趣的复活，也因而使它们得以留存于世。

A.H.Allcroft 在他的《英格兰的地面建筑》(1908 年)中，提到 Asenby 迷宫的时候坦率地说道："对这个在乡村生活中一度十分盛行的事物的记忆竟然会消失得如此之快，实在是令人惊异。"然而谁能否认它们就像旅游小册里大力推崇的许多明显、普通的古迹一样值得我们的关注和兴趣？在此我们不需要那些被误导的热情，这样的人只有在我们不加选择地提倡复兴某个事物的时候才能发现其价值——这样的热情无疑只会让人们对此产生怀疑,但是无论如何,我们应该努力确保如此珍贵又有趣的遗产,不会因为我们的忽视而消亡。